Ulrike Kolb:
Idas Idee
Roman

für
Doris
zu Weihnachten
1987
von Barbara

Deutscher
Taschenbuch
Verlag

dtv

Ungekürzte Ausgabe
November 1987
Deutscher Taschenbuch Verlag GmbH & Co. KG,
München

ISBN 3-88633-071-0
Umschlaggestaltung: Celestino Piatti
unter Verwendung der Plastik ›La Sphinge‹ von
Niki de Saint Phalle
Gesamtherstellung: C. H. Beck'sche Buchdruckerei,
Nördlingen
Printed in Germany · ISBN 3-423-10818-5

»Die Wirklichkeit, die ich für Sie besitze, besteht in der Form, die Sie mir geben; aber es ist eine Wirklichkeit für Sie und nicht für mich; die Wirklichkeit, die Sie für mich haben, besteht in der Form, die ich Ihnen gebe; aber es ist eine Wirklichkeit für mich und nicht für Sie; und für mich selber besitze ich keine andere Wirklichkeit als in der Form, die ich mir geben kann. Wie das? Indem ich mich selber errichte. Eben.«

Luigi Pirandello, ›Einer, Keiner, Hunderttausend‹

Ida nahm Platz unter der Leuchtschrift »Information«. Die Beine behäbig breitgestemmt, lehnte sie sich zurück und legte die Hände um ihren Bauch. Sie kam gerade aus der Kantine, wo sie ein üppiges Mittagessen zu sich genommen hatte. Die Wärme ihres Körpers strömte durch den Rockstoff in ihre Handflächen, und sie fühlte sich so schwer, daß sie Mühe hatte, nicht vom Stuhl zu kippen.

In ihrem Blickfeld lagen das Hauptportal, durch das sie die Kunden strömen sah, ein Schmuckstand, die Tische mit Sonderangeboten und die Rolltreppenaufgänge. Mit einer Drehung ihres Stuhls konnte sie die Kosmetik und Parfümerie überblicken, die Bijouterien und sogar die Propagandistenecke und die Strumpfabteilung dahinter. Außerdem gab das immer geöffnete Hauptportal die Sicht bis zur anderen Seite der Fußgängerzone frei, bis dorthin, wo die Caféhaustische standen und die hochbeladenen Stände der Obstverkäufer. Von der Parfümerie wehten die wunderbarsten Düfte herüber. Die Kolleginnen dort liebten es, ihr Terrain verschwenderisch einzuwölken. In den Wirbeln von Wohlgerüchen hatte sich Idas Geruchssinn aufs äußerste verfeinert. Ohne weiteres konnte sie Name und Fabrikat eines jeden Dufts bestimmen, und darauf war sie stolz.

Eine sehr helle Sonne warf an diesem Herbsttag scharfumrissene Schatten auf das Pflaster der Fußgängerzone. Die Weinlaubgirlanden der äußeren Dekoration schaukelten wild hin und her. Ein plötzlicher Windstoß, und Blätter und Fetzen jagten über den Boden. In diesem bewegten Licht erschienen die Leute merkwürdig klar voneinander getrennt. Ida wunderte sich darüber. Da war schon wieder der Mime. Sie reckte sich, um ihn besser zu sehen. Er stand reglos gegen einen dieser Baumkäfige gelehnt. Er trug einen Anzug, so schwarz wie sein in der Mitte gescheiteltes und wirr auf die Schultern fallendes Haar. Sein stark geschminktes Gesicht schien sich nur in den Brauen zu bewegen. Zu seinen Füßen stand ein kleiner Koffer.

Einige Jugendliche sahen erwartungsvoll zu dem Mimen hinüber. Als er sein Jackett öffnete, klatschten sie Beifall. Er zog es aus, drehte sich damit wie ein Tänzer und zog es wieder an. Er tat dies so behutsam, als würde der Stoff zerfallen, wenn er ihn zu fest anfaßte. Dann nahm er den Koffer und ging davon.

Erst bei genauem Hinsehn sah Ida, daß der Mime einer Frau folgte. Er folgte ihr in immer geringerem Abstand, bis er im Gleichschritt neben ihr herging. Er bewegte sich hautnah neben ihr und stieß sie doch nicht an. Seinen Kopf hielt er parallel zu dem Kopf der Frau, er verdoppelte ihre Bewegungen als wäre er ihr Schatten. Den Koffer hielt er unter den Arm geklemmt wie die Frau ihre Tasche. Erst als die Jugendlichen lachten, erblickte die Frau den Mimen und blieb verwirrt lächelnd stehen.

Immer wieder kamen in ihre Angelegenheiten Versunkene daher, denen der Mime folgte, um sie katzenleis zu imitieren. Die meisten setzten ihren Weg fort und taten, als gäbe es den Mimen gar nicht, als wäre er etwas, wofür sie sich schämen müßten. Wie ein Kobold sprang er jetzt einem Paar in den Weg, machte eine Verbeugung und wies mit ausgestrecktem Arm auf die leerstehenden Stühle an einem Caféhaustisch. Die beiden folgten der Weisung, als wäre nichts anderes ihre Absicht gewesen. Die Frau setzte sich, der Mann zögerte. Erst als der Mime unbeirrt in der Haltung des demütigen Pagen verharrte, nahm auch er Platz. Unter dem Beifall der Zuschauer vertiefte sich das Paar wortlos in die Speisekarte. Das Gesicht der Frau war hochrot entflammt.

Ida liebte die Vollkommenheit des Mimen, immer wieder sah sie zu ihm hin. Vor ihr lag eine architektonische Zeichnung, der detaillierte Plan aller Abteilungen und Stände des Hauses. Siebenviereins bitte zu zweiundfünfzig, tönte es aus dem Lautsprecher, danach ein Gongschlag und eine weitere Durchsage. Ida stemmte die Füße vor, schob sich zurück und preßte die Fingerspitzen auf die Glasplatte über dem Plan. Sie mußte ihre ganze Disziplin aufwenden, nicht mehr zu dem Mimen hinzusehen, sondern sich um die Informationssuchenden zu kümmern. Sie drängten sich bereits vor ihrem Stand.

An der Ostseite des Hauptportals stand immer ein Detektiv. Meist war es Willi, Idas ehemaliger Geliebter. Mit ihm pflegte sie Blickkontakte, früher aus Liebesgründen, heute zur Verständigung über verdächtige Personen. Es beruhigte sie, ihn in ihrer Nähe zu wissen, auch wenn sie sich von seinem detektivischen Eifer manchmal belästigt fühlte.

Wie Bündel röhrenförmiger Unterwassergewächse stülpten sich Kameras von der Decke, und oft kam es Ida vor, als schöben sich die Glaskörper ihrer Augen unanständig weit heraus. Zuerst hatte sie es gehaßt, immer beäugt zu werden, dann hatte sie sich daran gewöhnt, und inzwischen wußte sie es als Schutz zu schätzen. Vor so machner unsittlichen Attacke dreister Kunden fühlte sie sich an diesem Ort sicher.

Wie die Nadel über die Skala springt, wie sie über die Mitte des unteren Halbkreises tanzt, bis über die rote Markierung hinweg! Ida verfolgte diesen täglichen Fortschritt Gramm um Gramm. Längst stand ihr Entschluß fest, und die ersten Erfolge hatten sie darin bestärkt. Fast jeden Tag probierte sie vor einem Spiegel ihre Kleider an und beobachtete, wie schnell sich ihre Figur von dem Zustand der Normalität entfernte.

Das Kleid aus blauem Satin, es war immer ihr liebstes gewesen, spannte sich schon jetzt in Querfalten um ihren Leib. Streckte sie die Arme hoch, verwandelte es sich in eine blanke Rüstung. Von allen Seiten besah sie ihren Körper. Lange verweilte sie im Anblick ihres Hinterns, dessen Flanken sie durch plötzliches Anspannen und Loslassen der Muskeln zum Springen bringen konnte. Glückliche Schauer liefen ihr die Wirbelsäule hinab. Sie schwenkte ihre Hüften, fächelte anmutig ihre Hände und gab sich Küsse auf die Schultern. Bald würde sie neue Kleider kaufen müssen. Überhaupt war sie gespannt, wie ihr Leben sich verändern würde. Daß es sich verändern würde, dessen war sie gewiß, und in diese Zukunft richtete sie all ihre Hoffnung.

Sie hatte beschlossen, ihren allmählichen Fortschritt durch regelmäßige Fotoaufnahmen festzuhalten. Sie baute die Kamera so auf, daß sie durch das Objektiv den mannshohen Spiegel in seiner ganzen Größe sehen konnte. Während der Selbstauslöser surrte, hüpfte sie in Positur. In allen erdenklichen Haltungen lichtete sie sich ab, sie stemmte die Hände in die Hüften, wandte der Kamera ihr Profil zu, zog die Schultern hoch, beugte sich vor und zurück, machte ein ernstes Gesicht und ein lachendes und summte vergnügt vor sich hin.

Über die Luftschwelle des Hauptportals führte der Weg ins Reich der Dinge, dessen genaue Kennerin Ida war. Auch ohne den Plan unter der Glasplatte hätte sie gewußt, in welcher Etage sich welche Abteilung befand und wo in den verschiedenen Abteilungen welche Stände aufgebaut waren. Zu allen Schaltstellen des Hauses hatte sie direkte Verbindung, sogar ein heißer Draht zur Geschäftsleitung stand ihr zur Verfügung. Sie hatte allerdings Anweisung, ihn nur in höchster Not zu benutzen und bedauerte es insgeheim, daß ein solcher Fall bisher noch nicht eingetreten war.

Dem jetzigen Arrangement im Parterre waren heftige Auseinandersetzungen unter den Verantwortlichen vorausgegangen. Obwohl man zu den anstehenden Entscheidungen wissenschaftliche Untersuchungen in Auftrag gegeben hatte, war man sich über bestimmte Fragen lange nicht einig geworden: welche Warenstände dort anzusiedeln seien, welche Farben das Wohlbefinden der Eintretenden am besten stimulieren könnten oder welche Temperatur der Luftstrom an der Schwelle haben müßte. In ihrer Not war die Geschäftsleitung auf die Idee gekommen, einfache Angestellte aus dem Parterre zu Rate zu ziehen.

Ida war es, die herausgefunden hatte, daß sich eine laue Schwellenluft bei mittlerer Wehstärke besonders günstig auf die Kauflust auswirkte. Was die These der Psychologen bestätigte, daß auf dem Teppich einer gleichmäßig sanften Sinneseinwirkung jedes weitere Stimulans erst richtig zur Geltung komme. Idas lebhafte Beteiligung an den Diskussionen hatte ihr große Anerkennung eingebracht. Seither schätzte man sie als die aufmerksamste Beobachterin der »Physiognomie des Eintritts« und legte großen Wert auf ihre Anregungen. Im Grunde war es ihr zu verdanken, wenn sich heute im Parterre Parfümerie und Kosmetik wie auch die Bijouterien ausbreiten durften.

Jetzt gelangte der Kunde mit dem ersten Schritt in ein wahres Spiegelkabinett, wo ihm die Notwendigkeit seiner Verschönerung tausendfach entgegenprangte. Wo sich Flacons, Döschen, Farbskalen und schimmernde Gegenstände zu kosmetischen Altären türmten. Wo ihn blendend geschminkte Frauen in den Bann ihrer Makellosigkeit zogen. Wo die Haut der Verkäuferinnen wie verzaubert schien, wie von innen erleuchtet. Und wo den Kunden in der Helligkeit zahlloser Lichter die Scham über die Stumpfheit seiner eigenen Haut befiel.

Ida hatte beobachtet, daß immer, wenn Luxus an der Pforte angeboten wurde, in den Augen der Kunden die Gier aufglänzte. Nichts, und das wußte sie besser als jeder andere im Haus, ist so wichtig wie der erste Blick. Der Kunde muß in einen magischen Kreis treten, seine Sinne müssen im Hier und Jetzt aufgehen, er soll ganz Gegenwart werden.

Natürlich hatten die so nah an der Pforte gelegenen Abteilungen einen besonders hohen Verlust durch Diebstahl zu beklagen. Ida war der Ansicht, es zeigte sich darin nichts als die erfolgreiche Zusammenarbeit von Werbung, Dekoration, Psychologie und Verkauf. Denn als Täter hatten sich längst nicht mehr nur die notorischen Kleptomanen wie Hausfrauen und Pubertierende entpuppt, sondern zunehmend auch Vertreter renommierter Berufsgruppen, die nachweislich sonst nie so etwas tun. Hochdotierte Ingenieure, Studienrätinnen mittleren Alters, ja sogar Abteilungsleiterinnen aus Konkurrenzunternehmen. Und gerade diese verkörperten in Idas Augen das größte Kompliment an das neue Arrangement. Nicht daß sie solche Vorkommnisse verharmlosen wollte, aber sie war der Meinung, man dürfte sie nicht nur von der negativen Seite her sehen. Man müsse auch einmal den Aspekt der gelungenen Verlockung anerkennen, die die verborgensten Wünsche eines Menschen unter Ausschaltung aller Moral und Scham direkt in seine Fingerspitzen leite.

Irgendwann hatte die Geschäftsleitung beschlossen, die zu erwartenden Verluste als stehende Größe in Kauf zu nehmen. Denn die erhöhte Wunschlust schlug sich nicht nur in Diebstählen, sondern auch im Umsatz nieder. Trotzdem wurden alle Waren mit phosphoreszierenden Preisschildern versehen, die dem Kunden wie Blinklichter ins Auge stachen. Aber auch diese Anstrengung nutzte nichts. Zu guter Letzt meinte die Geschäftsleitung, das Phänomen auf menschliches Versagen zurückführen zu müssen. Die ohnehin weniger angesehenen Verkäuferinnen hatten am meisten darunter zu leiden, denn sie waren es, denen man nun fahrlässigen Umgang mit der Aufsichtspflicht vorwarf.

Ida aber, die es besser wußte, nahm die Beschuldigten in Schutz. Dafür wurde sie von ihrer immer trunkenen Freundin Sonja nach der Arbeit in ein Café eingeladen. Der Abend artete in eine Freß- und Sauforgie aus. Er fing mit Ananassahne, Frankfurter Kranz und Apfelwein an, wurde fortgesetzt mit Marzipankuchen, Herrentorte und Sherry und endete mit Schwarzwälder Kirschtorte, Apfelstrudel und spanischem Cognac. Während Ida die Tortenschlacht schlug, ließ Sonja den Alkohol in sich fließen. Bald torkelten sie, Ida vor Sattheit und Sonja vor Trunkenheit.

Nein, ich hätte sie unter keinen Umständen alleine lassen dürfen. Sie konnte sich ja nicht einmal mehr die Jacke anziehn. Immer wenn sie mit diesem angestrengt normalen Gesicht versucht, den Arm in das Ärmelloch zu schieben, weiß ich, jetzt ist es soweit. Hat sie mir doch von Freßsucht gesprochen, gerade sie! Wenn ich ihr nur den Unterschied begreiflich machen könnte. Aber natürlich ist sie zu keinem klaren Gedanken mehr fähig, jetzt wo sie auf meinem Sofa sitzt, ganz zusammengesunken. Nein, es ist keine Sucht, es ist ein Plan. Von einer Sucht kann schon deshalb keine Rede sein, weil viel zu viel Mühe dazugehört. Zum Beispiel der Widerwille, wenn ich die siebte Portion Kartoffelpüree in mich zwinge. Schließlich muß ich mein Kaloriensoll erfüllen. Manchmal klappt es nur mit angehaltenem Atem und aller Überwindung, die mir zur Verfügung steht. Dabei ist es das A und O, die Mahlzeiten mit Freude zu sich zu nehmen, erst dann entfalten sie ihren vollen Nährwert. Das hat man wissenschaftlich festgestellt. Ja, man hat sogar herausgefunden, daß bei leidenschaftlichen Essern eine Gewichtszunahme allein durch den Geruch geliebter Speisen erzielt werden kann. Manchen steigt sogar schon beim Anblick von Essensbildern das Insulin im Blut. Es sind die, denen das Essen nicht nur ein Muß bedeutet. Es sind die Esser mit Herz. Aber hat es einen Zweck, Sonja auch nur eine Erklärung darüber abzugeben? Sternhagelblau wie sie ist?

Gäbe es doch einen Menschen, dem ich mich anvertrauen könnte! Dem ich begreiflich machen könnte, welche Freude mich überkommt, wenn ich die Nadel an der Waage sehe und wie sie springt und hin und her zittert, bis sie sich endlich an der Stelle der Wahrheit niederläßt! Und wie süß der Vorgeschmack des Erfolgs ist, wie er mich beflügelt und mich forthebt!

Nein, jetzt bekommt Sonja nichts mehr, keinen Tropfen. Soll sie jammern, sie widert mich an. Ihre Unbeherrschtheit ekelt mich. Mein Gott, wie jetzt ihre Unterlippe herunterhängt. Sieht aus wie ein Lappen. Vielleicht liegt es daran, daß sie immer noch nicht das Zeug zum Single hat? Ein Single muß sich doppelt um sich kümmern. Das ist nicht jedermanns Sache, und leicht ist es auch nicht. Zum Beispiel die Liebe. Gerade uns Singles täte es gut, wenn wir uns selbst mit Küssen versorgen könnten. Aber leider sind ja die sehnsüchtigsten Stellen unerreichbar für den eigenen Mund. Die Schultern von vorn, die Beine von den Knien abwärts, die Füße und Arme zum Teil, das ist auch schon alles. Wie gerne würde ich meinen Bauch küssen!

Wenn ich mich von hinten im Spiegel sehe, fällt mir das kleine Mädchen ein, das ich einmal war. Und das Foto, auf dem mein Haar zu Rattenschwänzen geflochten und im Nacken mit einer Schleife zusammengebunden ist. Immer rührt es mich, wenn ich mir vorstelle, wie ich mit X-Beinen daherlaufe. Vermutlich bin ich auf dem Weg zum Sandkasten, wo ich mir den Mund mit Sand vollstopfen werde. Ich kann mich noch heute an das Knirschen zwischen den Zähnen erinnern und an das wunde Gefühl, wenn ich die Spucke mit dem Sand um meine Mundwinkel gerieben habe.

Ich fürchte mich jetzt schon vor der Nacht. Wie immer wird Sonja in mein Schlafzimmer kommen, zum Sessel schleichen, die Polster herausnehmen und die Hände in die Ritzen stoßen. Wie immer wird sie im Sessel zuerst suchen, ich weiß nicht warum. Am schlimmsten wird sein, daß sie so schrecklich zittert. Dann wird sie in den Blumenkästen stochern und mir den Teppichboden verschmutzen. Vielleicht wird sie wimmern wie ein junger verlassener Hund, bis ich Erbarmen habe und ihr eine Flasche Wein gebe, die sie wie immer in einem Zug austrinken wird.

Der nächste Tag war eine Qual. Ida war müde, und es fiel ihr schwer, die Fragen der Informationssuchenden mit Aufmerksamkeit zu beantworten. Die Gesichter glitten an ihr vorbei wie ein verblichener Film. Immer wieder versank sie in den Anblick eines Werbeplakats neben dem Hauptportal. Es zeigte einen weißen Strand, der wie eine Zunge aus einem mit Bungalows bebauten Hügel ragte. Seine einzige Belebung war ein kleiner Hund und ein Paar. Sie erkannte sich und Willi. Das Paar ging eng umschlungen am Rand des Wassers. Die Frau hatte glänzende, glattrasierte Beine. Ida erinnerte sich. Schmoren in brütender Hitze, ins Wasser tauchen und wieder schmoren. Naß in nassem Sand, zwischen heißen Gesichtern Sand. Und sie lachte wehmütig in Gedanken an das Wortspiel: imPoSand. Sie erinnerte sich an Nächte in einem weißgetünchten Bungalow, an üppige Abendessen mit orientalischen Leckereien, an schwarzäugige Kellner und sonnenölduftende Gäste. Sie seufzte. Sie zwang ihren Blick von dem Plakat und klopfte mit den Fingerspitzen auf die Glasplatte, daß ihre Armreifen klirrten. Wie eine strenge Erzieherin, die etwas, was sie auf keinen Fall zu dulden bereit ist, beendet zu wissen wünscht.

Zur Erhöhung des Genusses an ihrer Veränderung hatte Ida beschlossen, ihren Körper nicht mehr täglich im Spiegel zu betrachten. Zwar kontrollierte sie nach wie vor alle Tage ihr Gewicht, aber die optische Freude ihres Fortschritts wollte sie sich nur noch alle zwei Wochen gönnen. Bei aller Freiwilligkeit fiel ihr dieser Verzicht schwer und machte sie ungeduldig und reizbar. Um so öfter vertiefte sie sich in den Anblick ihres Gesichts, das gestattete sie sich. Jede Erhebung und Vertiefung darin war ihr vertraut. Sie könnte in ihrem Gesicht spazierengehn wie in einer Stadt, dachte sie. Wie ein Haus erhob sich ihre Nase, und ihr Mund wölbte sich hervor wie eine moderne Plastik in der Fußgängerzone.

Sie war es nicht gewohnt, mit rein geistigen Vorstellungen von einer Sache vorlieb zu nehmen. Aber entschlossen, wie sie war, blieb sie auch hier eisern. Und bald hatte sie herausgefunden, wie sie sich ihren Körper am besten vergegenwärtigen konnte. Sie hatte entdeckt, daß sie immer enttäuscht wurde, wenn sie versuchte, ihr Bild im Ganzen herbeizudenken. Alles blieb dann diffus. Fing sie aber mit kleinen Stellen an, etwa mit dem Knie, dann konnte es ihr gelingen, ihre ganze Gestalt so vollkommen vor ihr geistiges Auge zu bannen, wie sie es sich wünschte.

Solchen Übungen der Imagination widmete sie sich am liebsten abends vor dem Einschlafen. Sie stellte sich genau die Schrumpfhaut über ihrer Kniescheibe in gestreckter Beinhaltung vor. Erst dann erlaubte sie sich, die Hand darüber zu legen und zu fühlen. Wie viel molliger es sich schon anfaßte als das letzte Mal! Obwohl das letzte Mal erst der Abend zuvor war. Dann zog sie die Hand zurück, beugte das Knie und stellte sich vor, wie sich die Haut in der Spannung glättete. Gelang ihr dies, waren auch die nächsten Schritte nicht mehr schwer. Dankbar streichelte sie das Knie, bevor sie weitertastete, um ebenso geduldig auf die anderen Körperteile überzugehen.

Verlor sie aber die Geduld, anstatt von Detail zu Detail zu wandern, und ließ sich hinreißen, dann konnte es passieren, daß Knie, Waden, Hintern und Bauch durcheinanderschwirrten, als hätte man sie aus dem Körper geschnitten und in einen Wirbelsturm geworfen. Sie sah dann alles auf einmal und in Wirklichkeit gar nichts. Das Schlimmste war, daß sie in solchen Momenten nicht einmal mehr wußte, welches Ideal sie eigentlich erreichen wollte. Dann war sie von sich selbst enttäuscht, und Zweifel an ihren Fähigkeiten befielen sie. Nur mit größter Mühe gelang es ihr, aus solcher Verwirrung wieder herauszufinden und sich auf eine Einzelheit zu besinnen, auf ein Knie oder eine Brust oder sonst einen geliebten Teil ihres Körpers. Endete der Abend aber ohne Erfolg im Vorstellungsversuch, hatte Ida einen dumpfen Schlaf zu erwarten und ein müdes Aufwachen. Der Mißerfolg hockte ihr dann wie ein Tier auf der Brust und nahm ihr die Luft.

Während der Tage vor der großen Selbstenthüllung sah man Ida mit gesenkten Lidern durch die Gänge des Warenhauses eilen. Überall lauerten mannshohe Spiegel, die sie wie einen Slalom nahm. Als wären sie nur aufgerichtet, ihre Disziplin auf die äußerste Probe zu stellen. Natürlich konnte es geschehen, daß sie den Verlockungen nicht standhielt und unverhofft und erschrocken auf ihr Körperbild traf. Dann versuchte sie, durch schnelles Schließen der Augen das Gesehene wieder aus dem Gedächtnis zu wischen. Solche Tage waren eine einzige Zerreißprobe. Die Versuchung trommelte auf ihrer Seele und zerrte an ihren Nerven, die sie doch um ihres großen Plans willen schonen wollte. Ihr war, als hätten sich alle Spiegel des Hauses gegen sie verschworen. Dabei hing ihr ganzes Selbstbewußtsein davon ab, ob es ihr gelang, diesen Versuchungen zu widerstehen. Sie fürchtete nichts mehr als Selbstzweifel und Gewissensbisse, in denen sie die Feinde jeden Erfolgs witterte.

Am liebsten hätte sie sich Scheuklappen umgebunden. Angestrengt hielt sie die Augen auf ihre Füße gerichtet, die sie in zu eng gewordene Pumps gezwängt hatte. Sie holte weit aus beim Gehen, denn ihr Bauch wölbte sich bereits vor und behinderte die Sicht auf ihre Füße. Das spitz zulaufende Lackbändchen, das ihren Schuhausschnitt umrandete und dessen Enden sich zu einem Pfeil in Richtung Zehen trafen, war bereits überstülpt von der neuen Fülle ihres Spanns.

Immer wieder fuhr sie mit den Fingerspitzen am Rand ihres Stuhls entlang, um zu prüfen, wie weit ihre Schenkel bereits darüber hinaus wulsteten. Die Spannung des prall gefüllten Rocks zeigte an, wie sie wuchsen. Das beruhigte Ida, und wenn die Informationssuchenden Schlange standen und murrten und schimpften, war ihr, als sei diese Selbstvergewisserung die einzige Möglichkeit, nicht aus der Haut zu fahren.

Als große Kunst erwies sich die Technik des heimlichen Essens. Ahnungslose mögen sich dies leichter vorstellen, als es in Wirklichkeit war. Idas Arbeit bestand ja vor allem aus Sprechen, das war das erste Problem. Das zweite waren die schwenkenden Augen der Kameras, die seit einiger Zeit besonders zielstrebig auf Ida niederäugten. Als hätten sie es darauf abgesehen, sie zu ertappen. Egon, der oben in der Abschau saß und die Überwachung der Bildschirme überwachte, war ein großzügiger Kollege und hielt im allgemeinen nicht zu streng auf die Einhaltung der Gesetze. Aber was zuviel war, dachte Ida, würde auch ihm zuviel sein. Und die Übertretung des Eßverbots war eines der schlimmsten Vergehen. Denn wer wollte schon unfreiwillig Aussicht in die Intimität eines gefüllten Mundes geboten bekommen, in den Brei soeben zerkleinerter und eingespeichelter Nahrung?

Blitzschnell tauchte sie unter die Tischplatte, wo ihre Hand schon mit dem Bissen wartete. Alles war mundgerecht vorbereitet, es mußte nur flink befördert und gegen den Gaumen gepreßt werden. In diesem Moment befand sich Idas Kopf schon längst wieder oberhalb der Tischplatte. Man versteht also, warum die Speisen ungekaut eßbar sein mußten. Schoß dann der Speichel ein, ging alles gut. Sollte aber im Gedränge der morgendlichen Vorbereitungen einmal ein Happen zu groß geraten sein, durfte auch das nicht zur Katastrophe führen. Auch diese Brocken hatte Ida schlucken gelernt. In der Schnelligkeit einer zu solchem Essen nötigen Bewegung kam sie schon einem Reptil gleich. Schlimm aber war, wenn ihr das Geschluckte trocken im Halse hängen blieb oder nur in langsamstem Tempo nach unten rutschen wollte. Dann tauchte das Schreckbild einer Schlange vor ihr auf, aus deren Leib sich die Kontur eines Tieres hervorhebt.

In der Pelzabteilung waren mehrere hundert Mäntel zu äußerst niedrigen Preisen eingetroffen. Sie kamen aus China, waren in feinen Streifen verarbeitet und glitten besonders geschmeidig durch die Hand. Es betrübte Ida, auf solche Besitztümer verzichten zu müssen. Ihr Geld reichte nicht einmal zu einem einfachen Stoffmodell aus. In Annoncen der lokalen Tageszeitungen lockte das Unternehmen mit diesen Mänteln die Massen an.

Die Angebote der Saison übertrafen an Ausgefallenheit und Verrücktheit alles Dagewesene. Zwei Meter lange Zahnbürsten, Mokassins in der Größe von Einzelbetten, indischer Elefantenschmuck als Zimmerdekoration und ausgestopfte vietnamesische Hängebauchschweine als Sitzgelegenheit.

In der Propagandistenecke war ein Stand mit Schmuck aus Diamantimitat aufgebaut. Ida konnte ihn in ihrem Tischspiegel funkeln sehen. Die Propagandistin trug ihr schwarzlackiertes Haar zu einem Dreieck geschnitten, dessen eine Spitze dämonisch auf die Nase stieß. Edel, rein und sonnenklar, rief sie und hielt den gebannt blikkenden Kunden ein violettfarbenes Samtkissen entgegen. In seiner Mitte prangten zwei große Steine, über die die Propagandistin nun ein Tuch legte. Sie ließ das Kissen wie ein Jongleur auf den Fingerspitzen rotieren, zog das Tuch wieder fort und forderte die Leute auf, zu raten, welcher der echte und welcher der imitierte Diamant sei. Meist rieten sie falsch, denn der Glanz des Imitats war viel feuriger als der des wirklichen Diamanten. Hinter der Propagandistin ragte eine mannshohe Fotowand empor, von der ein jeansgekleideter junger Mann herablächelte. Er saß auf der Kühlerhaube eines Sportwagens und schob einem langhaarigen Mädchen einen Brillantring über den Finger. Ida haßte dieses Bild, sie wußte nicht, warum.

Unzählige Diebe waren zugange im Haus, darunter auffällig viele Kinder. Niemand wußte, wie sie organisiert waren, ob sie einzeln kamen oder in Banden, ob sie von den Eltern geschickt waren oder von selbst auf Raubzug gingen. Den Detektiven waren sie ein Rätsel. Sie stahlen sich auf geheimnisvollen Wegen in das Haus, denn weder durch das Hauptportal noch durch die Nebeneingänge konnte man sie kommen sehen. Alle Tricks der Diebeskunst schienen ihnen vertraut, vor allem die der Tarnung. Oft schlossen sie sich bieder aussehenden Frauen an, so daß es den Anschein hatte, sie wären deren Kinder. Vor allem verstanden sie es, sich hinter der Maske kindlicher Unschuld zu verstecken und, wenn sie eines Diebstahls überführt wurden, die umstehenden Damen zu Tränen des Mitleids zu rühren. In Wirklichkeit waren sie die gerissensten Gauner, die man sich vorstellen kann.

Dennoch gelang es den Detektiven, viele von ihnen festzunehmen. Alle paar Stunden übergaben sie ein Dutzend der Polizei. Die Jüngsten waren oft nicht älter als fünf. Die wenigsten waren bereit, Name und Adresse anzugeben. Was man auch mit ihnen anstellen mochte, sie blieben verschwiegen und verstockt. Nur ein oder zwei Mal kam es vor, daß sich Festgenommene durch Preisgabe ihrer Tricks freizukaufen versuchten. Gewöhnlich wurden sie nach einigen Stunden von der Polizei wieder freigelassen. Aber der Versuch, ihnen heimlich zu folgen, um herauszufinden, wo sie herkamen, mißlang in der Regel. Kein Polizist konnte es mit ihrer Wendigkeit und Flinkheit aufnehmen. Bei den wenigen, deren Elternhaus ausfindig gemacht werden konnte, hatte die Polizei die Wohnungen durchsucht. In manchen Kinderzimmern war man auf Warenlager erstaunlichen Umfangs gestoßen, von denen die Eltern meist nichts zu wissen vorgaben.

Die für die innere Sicherheit im Hause verantwortlichen Herren wußten nicht mehr aus noch ein. Ihre Gelassenheit war einer Unruhe gewichen, die sich bald in der Verhängung strengster Maßnahmen, bald in hektischer Inkonsequenz ausdrückte. Aber selbst die modernste Methode der Diebstahlprophylaxe sollte erfolglos bleiben. Es waren geschickt angebrachte Lautsprecher, die den Kunden in die Illusion versetzten, die Waren selbst hätten ihre Stimme erhoben. In leisen und suggestiven Tönen erschollen daraus Sätze wie »Stehlen heißt Unrecht tun« oder »Gott sieht alles« oder »Nimm mich, aber bezahl mich«.

Sich überschlagende Verlustraten waren der Anlaß, die Detektive mit einem Kinderkopfgeld zu besonderen Leistungen anzureizen. Willi arbeitete wie besessen. Mehrmals täglich wechselte er Kluft und Perücke. Auch Ida hatte alle Hände voll zu tun. Kassen, Fundbüro, Personensuchdienst und Überwachung liefen auf vollen Touren. Die Stränge der Verständigung kreuzten sich bei der Information.

Am schwersten aber hatten es die Abteilungsleiterinnen, auf ihnen lastete alle Verantwortung. Frau Irmissa von der Parfümerie war am Verzweifeln. Ihre nervösen Anfälle drohten bereits, geschäftsschädigendes Ausmaß anzunehmen. So passierte es, daß sie im Eifer des Gefechts eine der besten Stammkundinnen wie eine Göre beim Arm packte und sie von der Parfümvitrine zerrte. Dabei schrie sie Zeter und Mordio. Als sie realisierte, was sie getan hatte, wäre sie am liebsten im Boden versunken vor Scham. Die Kundin war die Lebensgefährtin eines leitenden Herrn, und wenn sie gewollt hätte, hätte sie ohne weiteres die Kündigung der Irmissa veranlassen können. Aber sie ließ sich durch eine Flasche teuersten Parfüms, welche die Irmissa aus eigener Tasche bezahlte, wieder versöhnen.

Der Umsatz dieser Tage war immens. Dem Personal war empfohlen worden, den teilnehmenden Verkauf zu praktizieren. Das bedeutete, daß die Verkäuferinnen dem Kunden besonders freundlich gegenüberzutreten hatten. Gleichzeitig wurde das Gerücht verbreitet, das einzige, was eine Beschneidung des Personaletats verhindern könne, sei ein ergiebiges Weihnachtsgeschäft. Man hatte die Angestellten auch zu mehr Freundlichkeit untereinander aufgefordert. Damit wollte man den Folgen des schlechten Wetters entgegenwirken, das sich seit einem halben Jahr wie eine Depression auf die Gesichter der Menschen niedergeschlagen hatte.

Ida allerdings war überzeugt, daß eine gute Bedienung weit mehr von der erregenden Wirkung der heimlichen Zellen her rührte als von offiziell ausgegebenen Richtlinien. Heimliche Zellen gab es zwar auch in den Häusern der Konkurrenz, aber nirgends waren sie so hoch entwikkelt, so fein verästelt, und nirgends griffen sie so dynamisch ineinander über wie in diesem Hause. Durch sie wurden die Herzen des Personals in jener leichten Wallung gehalten, die sich im Umgang mit den Kunden so belebend auswirkte.

Man trug in dieser Saison Schmuck aus durchsichtigen meterlangen Plastikschläuchen, die mit farbigen Flüssigkeiten, Styroporkugeln oder buntem Schaum angefüllt waren und sich wie Schlangen um den Körper schlingen ließen. Auch waren wieder wagenradgroße Hüte in Mode gekommen, dekoriert mit phosphoreszierenden Federn, Obstimitat oder Blumen. Die Irmissa hatte sich silberne Himmelszeichen auf Stirn und Schläfen geheftet, von denen ein scharfes Funkeln ausging. Jugendliche trugen nicht vernähte Fetzen aus verschiedenen Materialien um den Körper, die lediglich durch Knoten zusammengehalten waren. Zur Anregung guter Laune wurde das ganze Haus von einer zentralen Musikanlage beschallt. Deutsche Marschmusik wechselte mit Beethoven, Schlagern und Disco-Sound ab. Immer noch arbeitete eine Gruppe von sogenannten Stimulogen an der Frage, welche Art Musik sich besonders günstig auf das Wunschzentrum der Kundschaft auswirke. In den Konfektionsabteilungen hatten sie Beduftungsapparate aufgestellt, heftig umstrittene Werbegeschenke eines Parfumkonzerns.

Manche Kunden fanden sie umweltfeindlich, andere waren begeistert und priesen sie als die »schönste Errungenschaft neuer Sinneslust«. Die Geschäftsleitung nutzte das so entstandene Aufsehen und beauftragte einen prominenten Performance-Künstler, im Namen des Hauses ein Duftfestival für die ganze Innenstadt zu entwerfen. Den Kritikern der Duftapparate sollte mit einem überwältigenden kulturellen Happening entgegnet werden.

In diesem Trubel ging Ida das Herz auf. Ihr war, als würde sie von gewaltigen Wellen zu immer neuen Ufern geworfen. Ihre Lebensgeister flackerten wacher denn je. Turbulente Höhepunkte brachten die verkaufsoffenen Samstage wie der heutige. Ein Demonstrant flüchtete in den Schutz des Hauses. Er dachte, unter die Fittiche der Kundenmasse tauchen zu können, aber die Verständigung zwischen Willi und Ida, die ihn als erste bemerkt hatte, funktionierte zu gut. Noch keine fünf Schritte vom Hauptportal hatte ihn Willi beim Kragen gepackt, ein erbitterter Kampf war die Folge. Willi verlor dabei seine Perücke, was den Demonstranten glauben ließ, er habe es mit zwei Widersachern zu tun. Unbändiger Zorn packte ihn, er bäumte sich auf und schlug mit solcher Kraft zurück, daß Willi blutend am Boden landete. Nur mit größter Mühe und einer dreiköpfigen Verstärkung konnte der Demonstrant außer Gefecht gesetzt werden.

Es bereitete Ida größtes Vergnügen, ihr Auge am Blick in die Masse zu schulen. Sie hatte sich angewöhnt, dabei ein wenig zu schielen, so daß die Konturen der Leute und Gegenstände leicht verschwammen und das Einzelne sich in der Menge des Ganzen auflöste. Diese Sichtweise ließ sie das Ganze noch besser überschauen und in diesem Gesamten jede Besonderheit wahrnehmen. So entging ihr nichts. Außergewöhnliche Bewegungen, Verzögerungen beim Eintreten, Abweichungen in Gebaren oder Kleidung fielen ihr direkt ins Auge. Sichtete sie eine verdächtige Person, gab sie das einschlägige Siebenviereinseins durchs Mikrophon, und sofort war ein Detektiv zur Stelle. Mehrmals rückten an diesem Samstag Polizei und Krankenwagen an. Und im Betriebshof mußte der Rettungshubschrauber einschweben, weil beim Zusammenstoß zweier Wagen ein Kunde, der sich dort unbefugt herumgetrieben hatte, lebensgefährlich verletzt worden war.

Im Restaurant war der Teufel los. Eine Schlägerei zwischen kurzgeschorenen deutschen Jugendlichen, amerikanischen Soldaten und türkischen Angestellten des Küchenbetriebs forderte mehrere Verletzte. Es hieß, einer der Schurköpfe habe einen Türken mit dem Ruf »Türken ins Gas« provoziert, worauf der Türke sich mit einem Faustschlag gewehrt habe. Darauf seien die Amerikaner in Streit geraten, welcher von beiden Recht habe. Schlag jedenfalls folgte auf Schlag, Stühle krachten, Messer blitzten, und Geschirr ging zu Bruch. Die Speisenden flohen von den Tischen und retteten sich in die äußersten Winkel. Essen flog durch die Luft, und gellende Schreie lösten allgemeinen Schrecken aus. Als die Schurköpfe das Weite suchten und durch die gläserne Tür drängten, traf einen von ihnen eine Gabel in die Wade. Tief wippend blieb sie dort stecken, und der laut schreiende Verletzte mußte auf einer Trage abtransportiert werden.

Es gab immer wieder Leute, die sich bei Ida für ihre Freundlichkeit und die Hinweise auf günstige Angebote, die sie zu geben wußte, bedankten. Ihre Umsicht, ihre guten Ratschläge und die Aura von Wohlstand, die sie umgab, übten auf viele Kunden magische Anziehung aus. Es gab auch Verehrer Idas, die einfach in ihren Anblick versunken stehen blieben, als hätten sie vergessen, wo sie sind. Andere kamen, um verstohlen eine Rose, ein Kästchen Pralinen oder sonst eine Gabe auf ihren Schoß gleiten zu lassen. Gab sie nicht acht, konnte es passieren, daß die Hand des Wohltäters sich unversehens zwischen ihre Schenkel drängte.

Was Ida an allen Geschenken am meisten ergötzte, waren die Torrone-Stangen eines Italieners. Bei ihrem Anblick versagte ihre gewöhnliche Disziplin, und sie brachte es nicht mehr fertig, bis zur nächsten Pause zu warten. Schon allein die Vorstellung des Geschmacks überwältigte sie und trieb ihr das Wasser im Munde zusammen. Dann suchte sie eine Vertretung und verschwand mit dem Präsent auf der Toilette, wo sie alle Stangen auf einmal verschlang. In wilder Naschgier wälzte sie die grellsüßen Batzen auf ihrer Zunge, hob sie in die Gaumenhöhle, sog den Speichel zwischen den Zähnen hindurch, breitete ihn über das Zungenfell und schmeckte ihm lange hinterher. Es war ein versöhnliches Gefühl, wie er die Nischen ihres Mundes ausfüllte und alles in konzentrierte Süße hüllte. Waren alle Stangen aufgegessen, pflegte sie noch einige Minuten auf dem Klosett sitzen zu bleiben, schloß die Augen und legte die Hände in den Schoß. So versuchte sie, sich von der Einsamkeit ihrer Gier wieder zu lösen und innerlich zu dem Trubel des Hauses zurückzukehren. Sie wusch und schminkte sich und sann darüber nach, wieso es immer wieder passieren konnte, daß sich dieses finstere Wesen aus ihr löste und sich über sie hermachte, über ihre sonst so feste Person. Und indem sie die von den Reibungen des Zuckergerölls wundgewordene Zunge befühlte, schämte sie sich für diese Zügellosigkeit, die ihr im nachhinein als unverzeihliche Schwäche erschien. Dennoch konnte sie, lagen einmal wieder die weißen Stangen auf ihrem Schoß, nicht an sich halten, und die Orgie wiederholte sich von neuem.

Einmal in diesen Tagen hatte sich Sonja so betrunken, daß sie auf die Krankenstation gebracht werden mußte. Die Irmissa hatte schon etwas von Kündigung läuten lassen, »wenn das nicht aufhört, mein Fräulein«. Gewöhnlich hatte der Rausch Sonja bereits um die Mittagszeit in eine Glaspuppe verwandelt. Mit eingeschränkter Wahrnehmung torkelte sie durch die Gänge, nach wie vor von einer rätselhaften Kraft in der Pose der freundlichen Verkäuferin gehalten. Diesmal aber funktionierte ihre Beherrschung nicht mehr. Sie stieß an die kunstvoll aufgebauten Warentürme, Flaconpyramiden stürzten ein, Seifenrosetten fielen auseinander, Gestecke aus Stiften und Quasten lösten sich auf, Spiegel zersplitterten, und in wenigen Minuten verwandelte sich die Abteilung in ein Chaos. Sonja aber schwebte unangefochten und in schlafwandlerischer Würde weiter, als hätte sie mit dem Malheur nicht das Geringste zu tun. Bis sie umfiel und auf die Krankenstation gebracht wurde.

Obwohl sie Mengen von Chlorophylltabletten zu schlucken pflegte, trug sie stets eine alkoholische Wolke um sich, die im Gemisch mit den Parfüms einen klebrigen Geruch bildete. Trotzdem blieb sie eine beliebte Verkäuferin, ja, es gab sogar Kundinnen, die ausschließlich von ihr bedient werden wollten. Sie erweckte den Anschein, sich nicht nur für die kosmetischen Sorgen, sondern für alle Kümmernisse der Kundinnen brennend zu interessieren. In Wirklichkeit war ihre Gleichgültigkeit so groß, daß es ihr gerade deshalb besser als allen anderen Verkäuferinnen gelang, die Maske herzlichsten Interesses zu wahren. Alles war ihr so egal, daß nicht einmal der Vorfall in der Wäscheabteilung, der wie ein Lauffeuer durch das Haus ging, ihre Neugier wecken konnte.

Dort hatte das Personal, aufgeschreckt durch weibliche Lustschreie, hinter dem Vorhang einer Umkleide zwei ineinander verschlungene Frauen entdeckt, die es inbrünstig miteinander trieben. Sie waren in teuerste schwarze Seidendessous gekleidet und nahmen nicht einmal wahr, daß der Vorhang geöffnet wurde und sich die Köpfe dreier Verkäuferinnen über sie beugten.

In einer Damentoilette hatte sich jemand so lange eingesperrt, daß die Tür aufgebrochen werden mußte. Auf der blutgefüllten Toilettenschüssel fand man eine bewußtlose Frau. Zuerst dachte man, sie sei die Mutter des frischgeborenen Kindes, das am Morgen des gleichen Tages zwischen Leinenballen in der Stoffabteilung gefunden worden war, und um dessen Hals ein Heiligenbild mit der Aufschrift des dreiundzwanzigsten Psalms hing. Aber ein solcher Zusammenhang stellte sich als Irrtum heraus, da sich der Vater des Findelkindes noch in derselben Stunde bei der Polizei meldete.

In der Lebensmittelabteilung fand man drei Pfund Kokain. Eine halbe Stunde später waren Fahnder des öffentlichen Rauschgiftdezernats zur Stelle und mischten sich unter die Kundschaft. Der unkollegiale Ehrgeiz dieser Beamten sollte noch viel böses Blut stiften, denn er führte zu nicht wiedergutzumachenden Mißverständnissen und falschen Verdächtigungen. Die hauseigenen Detektive waren erbost, weil es nun aussah, als seien sie nicht in der Lage, schwierige Fälle aus eigener Kraft aufzuklären.

Viele Angestellte nahmen die Gelegenheit zu Überstunden wahr. Die allgemeine Überarbeitung heizte die Stimmung an. Wilder noch als sonst entfalteten die heimlichen Zellen ihre Aktivitäten. So intrigierten die Lampenverkäuferinnen gegen die Kolleginnen aus den Spielwaren, nur weil ihre Zellenführer eine Eifersuchtsgeschichte ausfechten wollten. Da niemand mehr die Gründe solcher Querelen durchschaute, waren Verleumdungen und Kolportagen Tür und Tor geöffnet. Jeder mußte damit rechnen, eines Tages in die Mühle von Klatsch und falschen Beschuldigungen zu geraten. Die Zugehörigkeit zu einer heimlichen Zelle bot zwar einen gewissen Schutz, erhöhte aber auch die Gefahr, Zielscheibe für die Mißgunst der Rivalen zu werden. Es konnte vorkommen, daß die Mitglieder verfeindeter Zellen wahre Kriege austrugen. Wie einmal, als etwa dreißig Angestellte sich in ein schlagendes, beißendes und schreiendes Knäuel verwandelten. Allen daran Beteiligten war fristlos gekündigt worden, weil während der Schlägerei an den verlassenen

Ständen so viel gestohlen worden war, daß der Schaden in die Zigtausende ging.

War eine heimliche Zelle einmal so erstarkt, daß sie den Status der Heimlichkeit verlor und die oberste Geschäftsleitung von ihrer Zusammensetzung Wind bekam, wurde es gefährlich. Nichts bedrohte die Führung mehr, als bestätigt zu finden, was sie eigentlich schon wußte. Denn solche Bestätigungen erschütterten das Gefühl ihrer Autonomie. Und wenn dies geschah, drohte die Balance des Ganzen in Gefahr zu geraten, und ein anfänglich leises und immer mächtiger werdendes inneres Zittern ergriff die Verantwortlichen. Die Existenz heimlicher Zellen war keinem Manager eines Betriebs ein Geheimnis, aber das Ausmaß ihrer Macht und das Rätsel ihrer Mittel blieb in den oberen Etagen nach wie vor Gegenstand heftiger Spekulationen. Nur leitende Angestellte, die von der Pike auf hochgestiegen waren, wären in der Lage gewesen, das Netz der versteckten Machtgespinste zu durchschauen, wenn sie im Taumel des Aufstiegs nicht längst alles vergessen hätten, womit sie in der Vergangenheit zu kämpfen hatten. So aber hielt sich die einmal entstandene Hierarchie meist im Gleichgewicht der gegebenen Verhältnisse.

Es geschah so vieles in diesem Herbst, daß niemand merkte, wie sich allmählich die Prostitution im Hause einnistete. Schon öfter war Ida eine Frau aufgefallen, eine schwarzhaarige, schwarzgekleidete, rätselhafte Erscheinung. Erst nach Tagen bemerkte sie, daß diese Frau sich nicht alleine auf ihrem zielstrebigen Weg zur Rolltreppe bewegte, sondern in einiger Entfernung einem sportlichen jungen Mann folgte. Mit kleinen, demütigen Schritten eilte sie hinter ihm her. Die beiden übten auf Ida eine dunkle Faszination aus, und sie bat Willi, ihnen nachzustellen. Was er herausfand, überstieg Idas Fantasie. Das Paar hatte in der Modeboutique gegen üppiges Mietgeld eine Kabine reserviert, in der zumeist die Frau, manchmal aber auch der Mann Interessenten zu Diensten waren. Unter der Kleidung der Frau klirrte es von Ketten, Nieten und Metallgehängseln, und von Tag zu Tag wuchs die Anzahl ihrer Freier. Manche warteten schon am Hauptportal auf sie, um ihr, sobald sie auftauchte, zu folgen.

Ida hätte zu gerne gewußt, was sich in der Kabine abspielte und welche Besonderheit dieser Prostituierten einen solchen Erfolg verschuf. Die dafür gebotenen Preise übertrafen alles übliche. Es ging das Gerücht, die besondere Attraktion dabei sie die Gefahr, »erwischt« zu werden, und mancher Freier ließe sich sogar auf einen dreifach erhöhten Preis ein, wenn sich Verkäuferinnen bereit fänden, den Vorhang zu lüpfen und eine moralische Schimpfkanonade vom Stapel zu lassen.

Nie waren mehr Enten, Gänse, Karpfen, Rebhühner, Lachse und Kaviarportionen verkauft worden als in dieser Saison. Schon im Oktober ging es damit los. Die schlechten Wirtschaftsprognosen trieben die Leute zum Hamstern, und die Werbung nahm diesen Umstand zum Anlaß einer zukunftsweisenden Kampagne. Überall prangten Plakate, auf denen eine futuristisch gekleidete Familie durcheinander schwebte, dazwischen Pakete und Geschenkartikel aller Art. Dem lachend geöffneten Mund des Vaters entglitt eine Sprechblase mit dem Satz »Der Weg zum Mond ist weit, wir aber sind bereit«.

Hochkonjunktur herrschte in allen Abteilungen, jedoch am größten war die Nachfrage von Kücheninventar. Der Absatz von Tiefkühltruhen und Küchenzeilen hatte sich verzehnfacht und erweckte den Anschein, als wäre der weibliche Teil der Bevölkerung nur unter Bedingungen luxuriösester Technologie bereit, sein Comeback in den ihm angestammten Bereich anzutreten. Ebenfalls reißenden Absatz fanden die Computerspiele. Aber das ging seit Jahren schon so. Selbstvergessen standen die Kinder vor den Spielautomaten und übten sich in der unverdrossenen Wiederholung immer derselben Spiele. Das elektronische Fiepen und Sirren mischte sich in die Hausbeschallung und verlieh ihr etwas Kosmisches und Fernes.

Den allerletzten Tag vor ihrer großen Enthüllung hielt Ida kaum noch durch. Nur mit Mühe brachte sie es fertig, nicht in den großen Spiegel an ihrem Kleiderschrank zu blicken. Auf jeden Fall wollte sie bis zum Abend warten, dahinein setzte sie ihren Stolz. Wenn es dann soweit war und wenn sie es geschafft hatte, den Tag zu überstehen, ohne einer Versuchung zu erliegen, verließ sie über die Maßen gespannt das Haus. Mantel über, Tasche geschnappt, Schuhe gewechselt und nichts wie fort. Ein Taxi allerdings gönnte sie sich nicht. Oder besser, sie gönnte sich den Verzicht darauf, ein allerletztes Auf-die-Folter-Spannen. Beim Aufschließen der Wohnung zitterten ihr die Hände, und nur mit Mühe gelang es ihr, den Schlüssel in die Öffnung zu schieben.

Aber sie erlaubte sich noch nicht sofort den ersehnten Anblick. Indem sie allen noch notwendigen Verrichtungen äußerste Langsamkeit aufzwang, kitzelte sie die letzte Geduld aus sich heraus. Wie im Zeitlupentempo legte sie ihre Kleider ab und bürstete sie ihr Haar. Die Wohnung war gut vorgeheizt, aber es war nicht die Hitze, die ihr von innen gegen die Haut stach. Es war die Aufregung des letzten Augenblicks. Noch einmal besprühte sie sich mit ihrem Lieblingsparfüm, dann erst trat sie vor den Spiegel.

Was sie sah, erregte sie zutiefst. Ein Halbmond, weiß und sanft gerundet, ihre linke Hüftseite. Langsam schob sie weiter, die schneehügelige Schulter, die Brust, schwer und geädert. Sie hielt inne. Diesem Bild wollte sie sich in Ruhe hingeben. Wilder Herzschlag erschütterte ihren Busen, Schweiß trat ihr schon jetzt aus den Poren und bildete kleine Tropfen auf ihrer Haut. Zärtlich fuhr sie mit ihrer rechten Hand über die Schulter, über den Arm, über die linke Wange. Was versprach allein schon diese Hälfte!

Dann war es soweit. Sie kniff die Augen zusammen und sprang zur Seite. Ihrem Mund entfuhr ein Schrei: eine riesige Person! Sie bebte vor Erregung. Jetzt erst konnte sie das Ausmaß ihres Erfolges erkennen. Wie ihre Brüste in großen Bögen über den Bauch ragten, wie ihr Leib sich wölbte, und wie ihre Haut sich transparent über die Muskeln spannte! Die untere Partie konnte sie erst richtig sehen, nachdem sie die Beine ein wenig ausgestellt und das Becken etwas vorgeschoben hatte. Da war ihr Frettchen, in die Breite gewachsen und (täuschte sie sich auch nicht?) dichter geworden im Fell. Sie war entzückt. Sie entdeckte, daß der Ansatz ihrer Oberschenkel die ausladendste Stelle ihres Körpers bildete. Sie tätschelte ihre Knie, die zungenförmige Schatten über die Schienbeine warfen. Sie bewunderte ihre Waden, wie sie in langgezogenen Konen nach oben strebten, stark und in schönem Kontrast zu den zierlichen Fesseln. Die Füße erschienen ihr winzig, immer noch waren sie von den schiffsbugförmigen Linien ihrer Schuhe gezeichnet. Sogar an ihren Zehen begeisterte sie sich diesmal, selbst sie erschienen ihr jetzt leicht aufgepolstert. Sie hob das rechte Bein, streckte den Fuß gespannt abwärts und stippte mit den Zehen gegen den Boden wie eine Ballettänzerin. Ihr war, als flöge sie davon. Sie stellte sich vor, wie eine Dame des Altertums zwischen schweren und von später Sonne beschienenen Mauern zu wandeln, würdig Handküsse entgegenzunehmen oder im Kerzenschein auf einem großen Divan hinter rosigen Faltenwürfen einen schönen Geliebten zu erwarten.

Schließlich drehte sie sich so, daß sie in einem zweiten Spiegel ihre Rückseite betrachten konnte. Spannte sie die Muskeln, geriet die Oberfläche ihres Hinterns in Aufruhr, und es entstanden Mulden und Hügel. Ein glitzerndes Panorama, aus dem sich eine schmale Schlucht zwischen langen, gebogenen Ufern abzeichnete, aufgefangen in den Kissen ihrer makellosen Hüften. Veränderte sie ihre Haltung, so veränderte sich auch diese Landschaft und bildete neue Mulden und Hügel.

Große Zufriedenheit überkam sie. Endlich war sie wirklich üppig. Fröhlich wiegte sie sich in den Hüften und erprobte deren Biegsamkeit. Und während sie sich immer noch von hinten besah, umfing sie sich mit gekreuzten Armen und streichelte von den Schultern an abwärts. So konnte sie sich der Illusion hingeben, tatsächlich umarmt zu werden. Die Knie aneinandergepreßt, tänzelte sie vor und zurück, zerwühlte sich das Haar und raunte sich zu: Ida, ach Ida.

In dieser Nacht hatte sie einen Traum. Sie fand sich in einem fensterlosen Zimmer auf einer Pritsche und sann darüber nach, wo sie wäre. Durch dünne Wände drang das Licht wie durch Hände, die über eine Lampe gehalten werden. Sie wunderte sich, daß die hölzerne Tür, die sie als solide und sauber in Erinnerung hatte, schon wieder ramponiert war. Ein großes Stück Holz war davon herausgebrochen. Aber das Seltsamste war, daß sich ein Rudel mächtiger Hirschkühe mitten auf dem hellen Teppichboden niedergelassen hatte. Braunfellig und glatt wälzten sich die Tiere auf dem Boden. Der schöne Flausch war dunkel befleckt, und überall lag aus der Wildnis getragener Unrat. Wie selbstverständlich füllten die schweren Leiber das Zimmer. Ein ätzender Wildgeruch hatte sich ausgebreitet, das machte ihr Angst. Die Tiere hatten etwas unzähmbares und gefährliches, und ihren schlanken Hufen war anzusehen, daß sie jederzeit losschlagen könnten. Sie haben mein Zimmer besetzt, mein schönes Zimmer, haben es in Besitz genommen, dachte Ida. Sie haben es genommen, als würde es ihnen gehören. Träume ich, fragte sie sich, träume ich wirklich? Und sie stand auf, legte sich zu den Hirschkühen, schob die Wange an das Fell, preßte die Brust an die Kanten der Hufe, und alle Angst fiel von ihr ab.

Dem Himmel sei Dank! Ob ich sagen soll, es war eine Affäre? Oder war es eine Liebe? Egal wie, Ende ist Ende. Oder doch nicht? Wenn nur die Abende und die Nächte nicht wären! Und diese Sehnsucht. Ob sehnen etwas mit dehnen zu tun hat? Am schönsten ist doch immer der Anfang. Immer wieder Hochzeit. Dieser Betriebsausflug, ach ja. Seine geöffneten Augen beim Küssen. Und hinter seinem Kopf die Weinberge wie ein Film. Und das Schiff war ganz ruhig. Immerhin ist es dir gelungen, klopf dir auf die Schulter, Ida. War nicht leicht, haben sich nicht ohne weiteres ausstechen lassen, diese Rivalinnen. Hat ja keine gefehlt. Warum er so gelacht hat? Vielleicht sollte man einem Mann nicht schon am ersten Abend ein Liebesgeständnis machen? Wie er mich verrückt gemacht hat. Besonders diese Augen. Wie sie beim Küssen hochgerutscht sind. Hätte ich ihn schneller durchschauen müssen? Habe ich mich stärker gefühlt, als ich war? Diese Idee, du kannst jeden Mann verführen, jeden ohne Ausnahme. Warum willst du es immer leidenschaftlich? Alle tun sie kühl und schnippisch, da ist Gefühl etwas Besonderes. Meine Chance. Zeig Regung, Ida, du kannst nur verlieren. Und all die anderen, die Konkurrentinnen. Sollen sie doch, sollen sie ihm nur nachlaufen. *Ich* habe das nicht nötig. Nur Rosi, die Ziege! Wie dumm ich doch war. Wie leichtgläubig. Ich sehe sie noch heute daherschlendern, an meinem Stand vorbei in Richtung Hauptportal. Und wie sie Willi die kalte Schulter zeigt, nur um ihn noch mehr zu reizen. Und wie er dann ganz weiß um die Nase herum wird und wie seine Unterlippe anfängt zu zittern. Als würde er frieren. Dabei war es nur die Anstrengung einer unterdrückten Erektion. Ob ich von Anfang an eifersüchtig war? Wenn ich ehrlich bin? Du bist ein Single, und ein Single ist nicht eifersüchtig. Esel! Vielleicht hat er ja geschwankt, vielleicht hat er ja wirklich gedacht, er würde mich lieben. Manchmal jedenfalls, wenn er nicht an Rosi gedacht hat. Soll man sich überhaupt einem Mann hingeben? Ob alles nur Lüge war? Wie hat er noch gesagt? Ich habe Geschmack an deinen

Gefühlen. Aber Rosi war eine Ziege. Und ich war blind. Wie lässig sie immer getan hat. Und wie sie ihre langen Haare über die Schulter geschleudert hat. Ich habe noch heute das Gefühl, als würde mir eine blonde Strähne übers Gesicht wehen. Hat mich das gedemütigt? Oder hat es mich sogar erregt? Ich weiß es nicht. Und wie sie dann so nah an ihn herangegangen ist, als wollte sie ihm etwas ins Ohr flüstern! Oder habe ich mir eingebildet, was gar nicht war? Jedenfalls nicht so? Manche Frauen sehen immer so aus, als würden sie denken, ich weiß etwas, was du nicht weißt. Vielleicht war es ein Fehler, so zu tun, als wäre ich emanzipiert. Als würde ich alles aus freiem Willen tun. Man weiß ja, daß moderne Männer Frauen lieben, die wissen, was sie wollen. Und was wollte ich? Ihn. Nur ihn!

Manchmal denke ich, Liebe ist schwerer als Arbeit. Willi und Ida, das hausbekannte Paar! Aber es war doch auch schön. Wie er die Brauen hochgezogen hat. Und mit dem Daumen in Richtung Rolltreppe gezeigt. Und dann oben in der Kabine. Der Kollege Jürgen war ein guter Freund. War er wirklich? Wenn das mit Rosi stimmt?

Heiße Liebe hinterm Vorhang. Schnelle Liebe. Hast du wirklich geglaubt, seine große Liebe zu sein? Hast du wirklich heimlich daran gedacht, aufzuhören ein Single zu sein? Das Gerede von der Freiheit. Dann will man ja schon aus Trotz kein Single mehr sein. Aber heiraten? Hättest du das wirklich gewollt? Warum soll ich mir diese Frage nicht stellen dürfen? Nur weil er sie mir nicht gestellt hat? Aber dann dastehn und starr werden, wenn andere ihm Küsse geben. Diese Eifersucht. Waren es wirklich seine kleinen Fickereien? Oder war es mein allgemeines Mißtrauen? Aber die Untreue läßt sich nicht gerecht verteilen. Bei einem Mann zu liegen und an einen anderen zu denken. Willi immer nur Willi. Williwilliwilli. Und dabei so tun, als würde es Spaß machen. Doch, heute weißt du es. Du *warst* eifersüchtig. Du warst ja schon aus dem Häuschen, wenn die Teenies aus seiner Zelle ihm ganz normale Küsse gaben. Rechts und links. Schätzchen, Mädel, Süße. Wie ich das gehaßt habe. Aber so sind die Männer. Hat es mir eigentlich Spaß gemacht, ihm alles brühwarm auszubreiten? Ihm jedenfalls *hat* es.

Ganz schön pervers. Fürchte sogar, das waren die einzigen Augenblicke, wo er wirklich geglaubt hat, mich zu lieben. So was hat man im Gespür. Daß er mir dann so ausgeliefert war, wie sonst ich ihm. Und der Tag, wo die Irmissa zu mir gekommen ist. Vielleicht wäre es besser gewesen, ich hätte gesagt, behalten Sie Ihren Klatsch für sich, liebe Frau. Wie eine Hexe hat sie es mir zugeflüstert. Dein lieber Willi, man sieht ihn ja neuerdings mit einer gewissen Blondine. Er wäre mit ihr Abendessen gewesen. Abends habe ich ihn gefragt. Rosi. Gesteh's! In Tränen aufgelöst, strategisch ungeschickt. Männer hassen Frauentränen. Und wie er leugnete. Ich wußte ja, er log. Aber warum glaubt man so selten an das, was man weiß?

Ich kannte ihn gut, meinen Willi, besser als er dachte. Und ich wußte, bei ihm bleibt es nie beim Abendessen. Und wenn es doch dabei geblieben wäre, um so schlimmer. Rosi, die einzige Frau, bei der sich mein Willi mit einem Abendessen begnügt? Da muß er sie ja ganz besonders lieben. War ich ein Dummkopf! Du *hast* mich betrogen. Geständnis nicht nötig. Weiß es sowieso. Verdammte Scheiße, nein. Du immer mit deinen Verdächtigungen. Da vergeht einem ja die Lust.

Die wahre Erlösung. Endlich hemmungslos eifersüchtig. Das einzig gute Gefühl aus dieser Zeit. Der Kaffeefleck an der Wand. Vielleicht sollte ich jeden Tag eine Tasse zertrümmern. Und wie ich ihn angeschrien hab vor allen Kolleginnen, richtig zur Sau gemacht. Und geohrfeigt, nachts wenn er am Schlafen war. Und wie er dann aufgewacht ist und mich blöde angestarrt hat. Vielleicht wollte er ja schikaniert werden? Vielleicht hat ihm das ja gefallen? Jede italienische Filmschauspielerin hätte mich um meine Szenen beneidet, und mein Willi? Hat mich dafür geliebt! Ganz plötzlich! Wer hätte das gedacht! Hat mir sogar Geständnisse gemacht. Ach, sein Gesicht dabei! Voller Schuldgefühle. Dann habe ich ihn ausgefragt. Und was hast du dann gemacht? Hast du sie geküßt? Wohin hast du sie geküßt? War das Abendessen teuer? Und wie hast du es gemacht?

Natürlich! Bei dieser Gelegenheit ist alles ans Tageslicht gekommen. Natürlich hat er mit Rosi geschlafen. Nicht nur nach dem bewußten Abendessen, sondern immer.

Seit wir uns kannten. Beinahe jeden Tag. Und meistens in derselben Kabine. Unserer Kabine. Verräter. Wenn ich eins nicht bedaure, war es die Ohrfeige. Er hat ein Gesicht gemacht! Dann hab ich ihn geküßt und ihn wieder geohrfeigt. Und immer so weiter. Kuß, Ohrfeige, Kuß, Ohrfeige. Aber dann war ich konsequent. Schluß aus. Ob es richtig war? Manchmal wäre es gut, wenn man kein Gedächtnis hätte. Ob ich je von ihm loskomme? Aber Ende ist Ende.

Der Personalchef saß hinter seinem Schreibtisch und telefonierte. Er würdigte die eintretende Ida keines Blicks. Er hielt den Hörer zwischen Kopf und Schulter geklemmt, und seine Wange schob sich verknautscht der Nase zu. Hatte jemand ihr heimliches Essen beobachtet? Sie setzte sich und strich ihren Rock glatt. Sie würde sich mit Klarheit wappnen müssen, denn sie wußte, daß der Glaubwürdigkeit nichts abträglicher ist, als Selbstzweifel und ein unsicherer Blick. Vorwürfe würde sie abprallen lassen. Die näselnde Stimme des Personalchefs kannte jeder im Haus, in ihr witterte Ida das Geheimnis des Erfolgs. Niemand konnte die Leute so gut überreden wie er, niemand hatte eine solche Ausdauer, wenn es um Kleinigkeiten ging. Und niemand war so schwer aus der Ruhe und Gelassenheit zu bringen. Unter den leitenden Angestellten war er der jüngste. Natürlich war er Führer einer heimlichen Zelle. Sie war eine der mächtigsten im Hause, und ihre Mitglieder genossen allgemeinen Neid, denn sie trugen äußerste Freizügigkeit zur Schau. Wenn sie sich begegneten, gaben sie sich in aller Öffentlichkeit inbrünstige Küsse und umarmten sich ohne jede Hemmung.

Hat er mir zugezwinkert? Oder war es nur die hochgerutschte Wange, die für einen Lidschlag sein Auge geschlossen hat? Ida wartete immer noch darauf, angesprochen zu werden. Wie fast alle in seiner Zelle trug der Personalchef eine schwarze Lederhose und ein raffiniert geschnittenes Jackett. Diese Kleidung gehörte zu ihnen wie ihre Zärtlichkeiten und wie die Kosenamen, mit denen sie sich riefen. Liebling, Schätzchen, Schnutzelchen oder Mausilein. Immer schien es, als wüßten sie das Intimste voneinander.

Sie galten als arrogant, aber niemand war jemals auf die Idee gekommen, ihnen dies zum Vorwurf zu machen. Der Personalchef schien ein außergewöhnlich potenter Mann zu sein. Viele Verkäuferinnen waren im Laufe der Jahre von ihm geschwängert worden. Er war dafür bekannt, daß er sich besonders gerne in die besten Freundinnen seiner Freundinnen verliebte. Eine von ihnen war

Ariane von den Stoffen, eine schöne, exotische junge Frau vom Lande. Sie hatte ein Kind von ihm, auf das er lange Zeit so stolz war, daß er jedes Jahr dessen Geburtstag in der betriebseigenen Zeitung anzeigte. Als dieses Kind jedoch sieben Jahre alt wurde und ihm immer noch kein einziges Haar wachsen wollte, kündigte der Personalchef die Vaterschaft auf.

Er hatte die Beine weit von sich gestreckt und rutschte immer tiefer in seinem Sessel hinab. Was die Kolleginnen wohl in seine Arme trieb? Ida betrachtete sein Gesicht. Seine Augen wirkten so kalt wie die eines Fischs, ausdruckslos lagen sie in ihrer blöndlichen Umrandung. In der Mitte seiner Oberlippe hing ein glasig entzündetes Bällchen, es verlieh seinem Gesicht etwas von bemitleidenswerter Unschuld.

Hinter dem Personalchef hing eine lebensgroße Fotografie, in deren Mitte eine Gruppe Frauen zu sehen war. Sie trugen lange Röcke und darüber weiße, üppig berüschte und in den Taillen eng geschnürte Schürzen. Wie weiße Ixe standen sie vor dem Portal einer prächtigen Fassade. Rechts und links im Bild waren die Männer gruppiert. Ihre Schnurrbärte sahen aus, als hätte man unter ihren Nasen schwarze Herzen der Länge nach halbiert und die Spitzen über die Mundwinkel geschoben. Die Fotografie zeigte die Belegschaft des Kaufhauses kurz nach seiner Gründung. Vorn in der Mitte standen der Chef und die Chefin, sie mit einem riesigen Hut, über dem sich Straußenfedern türmten. Ida imponierte die Würde, in der alle da standen. Als hätte jeder für immer seinen Ort gefunden.

Endlich legte der Personalchef den Hörer auf, zwinkerte Ida nun tatsächlich zu und schob ihr einen aufgeschlagenen Katalog des Hauses hin. Ob das nichts wäre? Als Modell für Übergrößen am neuen Hauskatalog mitzuarbeiten? Ganz abgesehen von dem Nebenverdienst? Und er wies auf die postive Seite aller Probleme hin, nicht ohne einen taxierenden Blick auf ihre Figur zu werfen.

Ida war begeistert, Tränen der Freude traten ihr in die Augen, und sie sagte sofort zu. Triumphale Fantasien bestürzten sie. Sie stellte sich vor, wie die Nachbarn reagieren würden, wenn ihnen aus den Reklamebroschüren der kleine Single entgegenlächeln würde, den sie bisher für so bedeutungslos gehalten hatten. Und wie der Rentner über ihr, der sie gewöhnlich mit Verachtung strafte, in Bewunderung ausbrechen würde. Und wie dessen unfreundliche Frau ihren Neid hinter einer noch süßlicheren Miene als üblich verbergen würde. Und sie dachte an Willi, wie er ankommen würde mit lässigem Gang. Und wie er mit seinem Zeigefinger gegen ihre Schläfe tippen würde, als wäre sie eine Idiotin. Und wie sie ihn mit souveränem Lächeln gewähren lassen würde, bis er seinen Finger beschämt fallen ließe. Und sie stellte sich vor, wie die Kataloge mit ihrem Bild aus den Zeitungen glitten und in die Hausflure und auf die Treppen fielen, wie sie dort liegen blieben, wie die Leute darüber träten, ebenso achtlos und selbstverständlich, wie man auf die Bilder berühmter Leute tritt.

Der Fotograf, der den Auftrag bekommen hatte, Idas Fotogenität auf die Probe zu stellen, war begeistert von ihr. Voller Enthusiasmus stürzte er sich in die Arbeit. Wie eine zeitgemäße Rubensfigur wollte er Ida herausbringen. Nach all den fleischlosen Geschöpfen, die ihm seit Jahren Modell gestanden hatten, empfand er ihren Anblick geradezu als exotisch. Sie inspirierte ihn auf unerwartete Weise und löste eine Flut von Bildern in ihm aus, die er der Visagistin, dem Coiffeur und dem Kostümbildner so überzeugend vermittelte, daß auch sie hingerissen waren.

Die erste Serie war die »Weiße«. In einem weißen Zimmer posierte Ida auf einem weißen Sofa, angetan mit weißen Dessous. Das einzige, was nicht weiß war, war ihre Haut. Selbst ihre Haare waren weiß besprüht, und auf ihre Fingernägel hatte man weiße Attrappen geklebt. Für die zweite Serie hatte sie sich in historische Kostüme gezwängt, in eng geschnürte Fischgrätenkorsetts, in Krinolinen und von Spitzen überladene Blusen. Zu diesen Aufnahmen war die ganze Gesellschaft in ein Chemiewerk gefahren, wo eine neu aufgestellte Produktionsanlage als Staffage diente. Die Absicht des Fotografen war, das Barocke von Idas Erscheinung mit der Modernität und Nüchternheit des neuesten Industriedesigns in Kontrast zu setzen. Er hatte sogar einen Säugling aufgetrieben, den

Ida wie eine liebende Mutter an die entblößte Brust legen mußte. Sie trug dazu ein schlichtes bäuerliches Gewand aus naturfarbenem Leinen und auf dem Kopf eine kompliziert gefaltete Haube.

Die dritte Serie zeigte Ida in grellfarbigen Badetrikots, deren Beinausschnitte seitlich bis zur Taille reichten. Dazu trug sie das Haar wirr durcheinander toupiert und mit giftgrünen Flecken besprüht. So gefiel sie sich am besten, und unter Schreien des Entzückens trat sie vor den Spiegel. Für die Aufnahmen mußte sie auf einem gezähmten Eisbären reiten, den ein berühmter Zirkus dem Fotografen unentgeltlich zur Verfügung gestellt hatte. Das Volumen ihrer Schenkel bildete das Zentrum des Arrangements und bot einen schönen Gegensatz zu der Gefährlichkeit des Raubtierkopfes. Die besten Bilder entstanden in dem Augenblick, wo der Eisbär sein Maul aufriß und Ida in panisches Lachen ausbrach.

Für eine letzte Serie wurde sie im Atelier des Fotografen vor einem blauen und wild bewölkten Himmel in eine Landschaft verwandelt. Ein Maler brachte einen ganzen Tag damit zu, auf ihren nackten Körper Berge, Seen, Wälder, Felsen und Schluchten zu zaubern. Es kostete sie Überwindung, das stundenlange Kitzeln des Pinsels auf der Haut zu ertragen ohne dabei zu kichern und den Maler bei seiner Arbeit zu stören. Die gelungene Selbstbeherrschung sollte sich lohnen. Das Ergebnis war fantastisch, und alle Anwesenden meinten, daß es ein paradiesisches Vergnügen bereiten müsse, in einer solchen Landschaft spazierenzugehen.

In dieser Atmosphäre unerwarteten Erfolgs fühlte Ida sich beflügelt, noch zielstrebiger auf das Anwachsen ihres Körpers einzuwirken. Sie suchte ein Fitnesscenter auf, wo sie ihre ins Fleisch geschossenen Formen daran hindern wollte, aus den Fugen zu geraten. Ein Trainer überredete sie, gleich eine Beinpreßmaschine auszuprobieren, aber es wollte ihr nicht gelingen, die ovalen, doppelhandgroßen Platten mit den Knien auseinander zu schieben. Sie gehöre der Gruppe der Endomorphen an, sagte der Trainer, aber wenn sie sich anstrenge und sich richtig ernähre, könne sie zu einem sportlicheren Menschentyp überwechseln. Die Tendenz zu hemmungslosen Kurven und Rundungen müsse nicht als Schicksal begriffen werden. Nein, man könne aus seinem Körper machen, was man wolle – nämlich alles. Hier war die muskulöse Linie Trumpf, und der allgemein angestrebte Fortschritt war in vielen Vorher-Nachher-Fotografien an den Wänden dokumentiert.

Der glänzende Stahl, die glitzernden Polster, die voluminösen Muskelschwellungen, das alles erinnerte Ida an Zirkus, wilde Löwen und Ruhmesglanz. Die zwischen den metallenen Geräten hochrankenden Grünpflanzen suggerierten beständiges Wachstum. Und als Ida die Fußpedale eines der Geräte betätigte und gegen einen enormen Widerstand von sich schob, kam eine geradezu körperliche Hoffnung in ihr auf. Ihre Hände faßten entschieden um die verchromten Rohre, ihr Kreuz streckte sich straff hoch, und ihr war, als bilde ihr Leib in seiner Mitte eine kugelige Energie.

Der Schweiß, der in Rinnsalen ihre Waden entlangfloß, trieb ihren Durchhaltewillen an. Er erschien ihr wie ein Zeichen unbeugsamen Willens. Bis zum äußersten Herzschlag wollte sie sich anstrengen. Sie kaufte alles, was ihre Schönheit noch zu steigern versprach. Vitamintabletten, Eiweißprodukte und Salben zum Geschmeidigmachen der Unterhautschichten wanderten in ihre Tasche. Und während sie ein mageres Sandwich aß, nur weil es nichts Nahrhafteres hier gab, ließ sie ihren Blick zufrieden über das silberne Gestänge streifen. Sanft und regelmäßig bewegten sich da die Körper. Sie bewegten sich im gleichen Rhythmus wie die Geräte. Nur Atmen und sanftes Klikken waren zu hören. Es kam Ida vor, als wäre jede Maschine eigens für die Person gemacht, die sich an ihr betätigte. Wie Silberbarren stapelten sich die Gewichte. Sie ließen sich nach Bedarf portionieren, und je höher der Wert eines muskulären Eigentums war, desto lobender klang die Stimme des Trainers.

Auf diese Weise war Idas Freizeit unversehens ausgefüllt. Selten noch blieb ihr eine Stunde für ein Schwätzchen, für Kinobesuche oder Stadtbummel. Wer weiß, ob sie die Anstrengungen dieses Lebens so gut verkraftet hätte, besäße sie nicht die seltene Gabe, Mißlichkeiten des Augenblicks leichtzunehmen. Ihre Fähigkeit, jederzeit ihre Fantasien in eine schönere Zukunft schweifen zu lassen, gab ihr eine unheimliche Kraft. Zu dieser Zukunft hatte sie ein beinahe religiöses Verhältnis. Immer war sie ihr gegenwärtig, und ihr Glanz spiegelte sich als Ausdruck von Zuversicht in Idas Augen.

Es gab Gegenstände und Orte, die geeignet waren, solche Fantasien in besonderem Maße zu stimulieren. Zum Beispiel jenes einem historischen Modell nachgebaute Ehebett, das den Mittelpunkt einer Ausstellung über Einrichtungen des achtzehnten Jahrhunderts in der Möbelabteilung bildete. Es hieß, das Original stehe in Wien und sei das Lieblingsbett der Kaiserin Maria Theresia gewesen. Das Prachtstück trug einen auf vier gedrechselten Säulen ruhenden Baldachin, der mit golddurchwirktem Stoff ausgeschlagen war. Zu diesem Bett schlich sich Ida nach der Arbeit, wenn die Kunden das Haus verlassen hatten und niemand sie mehr bei ihren Träumen stören konnte. Während sie ausgestreckt auf dem Rücken lag und in den Brokathimmel blickte, stellte sie sich vor, wie es wäre, so reich zu sein, daß sie sich ein solches Bett kaufen und in ihr Schlafzimmer stellen könnte.

Manchmal aber war ihr alles zuviel, und sie fühlte ihren Plan auf sich lasten wie ein Elefantengewicht. Dann befielen sie Anfälle von Ekel, wenn sie ihre Mastgerichte zubereitete, und eine sehnsüchtige Lust auf Salate, Radieschen und kühle, magere Speisen ergriff sie. Aber wie immer die Launen ihrer Nerven mit ihr umspringen mochten, sie zwang sich, ihr Programm nicht zu unterbrechen. Auch wenn es nötig war, ihrem Magen mit Schnäpsen nach dem Essen zu signalisieren, das einmal Angekommene nur ja nicht wieder nach oben zu schicken.

Manchmal war ihr, als trage sie Wackersteine im Leib wie der Wolf seine Strafe. Blähungen plagten sie, und das Unter-den-Tisch-Tauchen wurde immer schwieriger. Es war eine Tortur, wenn sie versuchte, die Luft in ihrem Innern nicht in Explosionen nach außen dringen zu lassen, sondern sie so behutsam freizugeben, daß weder Geräusche noch Gerüche dabei entstanden.

Was sie jedoch am härtesten ankam, war der Mangel an Zärtlichkeit. Seit ihrer Trennung von Willi hatte sie nur selten Nächte mit Liebhabern verbracht, von denen aber kein einziger ihr Herz zu erwärmen vermochte. Der eine war ein akrobatisch gesonnener Kollege aus der Fotoabteilung gewesen, in dessen Armen sie sich wie in einer der Body-Maschinen aus dem Institut vorkam. Ein anderer hatte sich als ehesüchtiger Junge entpuppt, der nichts wollte als heiraten und sich versorgen lassen. Obwohl sie seine Vorliebe für gebackene Kutteln teilte, hatte sie geahnt, daß er nicht der Richtige für sie war. Einen dritten hatte sie als Spion entlarvt, als einen ausgefuchsten Strategen einer heimlichen Zelle, der unter dem Vorwand, verliebt zu sein, nur Interna über die Zelle Willis hatte wissen wollen. Nachdem er mehr schlecht als recht mit Ida geschlafen hatte, war er mit penetranten Fragen über sie hergefallen. Um ihm zu zeigen, was sie von ihm hielt, hatte sie sich, nachdem er eingeschlafen war, umgekehrt ins Bett gelegt, so daß er beim Aufwachen auf ihre Füße anstatt in ihr Gesicht blickte.

Will er sich wieder an mich heranmachen? Jetzt wo er meinen Aufstieg wittert? Armer Willi! Warum bist du so ungeschickt? Könnte ich dich nur verachten! Aber wenn ich ehrlich bin, reagiere ich immer noch auf deinen Charme. Besonders wenn du diesen dunkelblauen Sakko trägst und dieses lavendelfarbene Hemd, bei dem die oberen Knöpfe so weit aufstehn, daß man deine Brust sehn kann mit der goldenen Kette. Genau so warst du angezogen, als ich mich in dich verliebt habe. Warum kann ich nur nichts machen gegen dieses Gefühl, gegen diesen Strom, der mir immer noch bis in die Zehenspitzen geht?

Ich weiß genau, wie ich mich vor ihm hüten muß. Neulich ist er hergekommen und hat mir mit einem satanischen Lächeln »Ich weiß alles« zugeflüstert. Zuerst war ich erschrocken, aber dann hab ich nur schnippisch gesagt »Na und?« und mich demonstrativ um die Kunden gekümmert. Je schwächer er sich fühlt, desto unverschämter wird er, und jetzt, wo er mich wieder attraktiv findet, scheint er sich besonders schwach zu fühlen. Immer wenn er vorbeikommt, tippt er mir mit dem Zeigefinger gegen die Schläfe. Wie eine Idiotin behandelt er mich. Es ist alles zu durchsichtig. Daß er sich nicht schämt. Würde ich ihn nicht so gut kennen, wäre ich beleidigt. Aber so ... ich weiß ja, er will mich nur für die Gefühle bestrafen, die ihm kommen, wenn er mich sieht. Im Grunde sind seine Beleidigungen nur Zeichen, daß er mich wieder liebt. Sie machen mir gar nichts aus.

Um so härter traf Ida die offene Attacke der Kosmetikerinnen. Nur weil sie sich geweigert hatte, ihren Arbeitsplatz mit dem einer schwangeren Kollegin zu tauschen, die behauptete, nicht mehr stehen zu können. Die Gegnerinnen führten den Kampf mit allen Mitteln, und als erstes war Idas angestammter Platz an dem großen Tisch in der Kantine besetzt worden. Selbst Kolleginnen, die Ida immer für Freundinnen gehalten hatte, taten nun, als gäbe es sie nicht mehr. Einem Luftzug hätten sie mehr Aufmerksamkeit geschenkt. Allein Sonja hielt ihr schüchtern und unauffällig die Treue, ohne daß sie jedoch die Kraft besaß, offen Partei zu ergreifen.

Als Ida die Kantine betrat, um zu Mittag zu essen, schlug ihr geballte Verachtung entgegen. Am Tisch der Kosmetikerinnen wurde besonders laut gelacht. Von ihrem neuen Platz aus konnte Ida nicht verstehen, was dort gesprochen wurde, aber sie war sicher, daß die spürbar angeregte Stimmung von nichts anderem als von der belebenden Wirkung des Lästerns kam. Sie meinte auch, ein paarmal das lange I ihres Namens gehört zu haben. Von Zeit zu Zeit drehten sich die Köpfe in ihre Richtung, nur um sogleich wieder zur Tischmitte zu drängen und eifrig und einverständlich einander zuzunicken. Das nun folgende Gelächter klang voller Häme, und Ida hätte am liebsten die Kantine sofort wieder verlassen.

Statt zu einer munteren Runde junger Leute zu gehören, mußte sie jetzt mit Frau Westental vorliebnehmen, die zielstrebig auf sie zugesteuert war und sich neben sie gesetzt hatte. Frau Westental war eine traurige Existenz aus den Spielwaren und bekannt dafür, daß sie sich auf jeden stürzte, den sie für ebenso unglücklich hielt wie sich selbst. Sie galt als bemitleidenswert und dumm, denn sie wurde von ihrem Mann täglich verprügelt. Darüber zu jammern war ihr Hauptvorwand, Gespräche anzuknüpfen. Aber es ging auch das Gerücht, ihre endlosen Klagen dienten nur dazu, sich wichtig zu machen und Mitgefühle bei den Kolleginnen zu erwecken. In Wirklichkeit habe sie gar keinen Ehemann, sondern sei eine alleinstehende alte Jungfer ohne jeden familiären Anhang. Es kam öfter vor, daß ältere Angestellte durch solcherlei Legenden ihr Ansehen unter den Kolleginnen aufzuwerten versuchten. Denn niemand im Hause genoß so wenig Anerkennung wie die älteren Alleinstehenden. Ein Psychologe hatte über dieses Phänomen eine Studie unter dem Titel ›Eine besondere Variante der hysterischen Identifikation in modernen Arbeitszusammenhängen‹ verfaßt.

Frau Westental redete auf Ida ein und drängte dabei ihren Kopf bedrohlich nah zu ihr herüber. Ida konnte sich in diesem Moment gut vorstellen, mit welcher Lust Herr Westental, falls es ihn überhaupt gab, seine Frau verprügelte. Die Kolleginnen feixten mit schadenfrohen Mienen. Ida meinte sogar gesehen zu haben, wie eine von ihnen sie nachgeäfft habe, indem sie beim Verlassen der Kantine eine lächerliche Haltung mit gespreizten Beinen einnahm, den Hintern ein wenig ausstreckte und mit den Händen einen Körperumfang andeutete, der viel größer war als ihr eigener. Dafür wurde sie von den anderen mit schallendem Gelächter belohnt. Frau Westental hatte natürlich alles gesehen und konnte es nicht lassen, sich bei Ida mit einem »Die Menschen können ja so böse sein« anzubiedern.

Ida aber blieb standhaft, wie sehr ihr auch zugesetzt wurde. Wieso, fragte sie sich, hat eine Schwangere größeres Anrecht auf einen sitzenden Arbeitsplatz als ich? Hat sie etwa schwerer zu tragen an ihrer Last? Habe ich während der letzten Wochen nicht sogar mehr an Gewicht zugelegt als diese Kollegin in ihrer guten Hoffnung? Aber solche Standhaftigkeit kostete Nerven, denn auch die Kosmetikerinnen ließen nicht locker, sondern gaben ihren Rachegelüsten freien Lauf. Überhaupt war es riskant, sich mit Frauen anzulegen. Sie waren viel gefährlichere Gegener als Männer. Ihre Vorgehensweise war intuitiver und zielstrebiger. Aber vor allem hatten sie ein besseres Gespür für die Schwächen des Gegners, und dies war die Voraussetzung für eine weit gründlichere Vernichtung, als Männer sie je zustande brachten.

Es war das Angebot von Kokille, dem berühmtesten Modehaus der Stadt, das Ida in die Nähe bedeutsamer

Leute bringen sollte. Man hatte sie bereits vor ihrer Zusage in die Choreographie der nächsten Modeschauen eingeplant, und so wurde sie in ihrer Freizeit ein Mannequin der Haute Couture. Schnell lernte sie die dynamische Gangart des Laufstegs. Un, deux, trois, quat' ... das Kommando des Choreographen diktierte das Schreiten in Volten, Traversen und Schlangenlinien auf einem polierten Parkettquadrat. Hocherhobenen Hauptes übte sie, Schultern und Hüften in beständiger Spannung zueinander zu bewegen.

Wie in Zeiten frischen Verliebtseins überließ sie sich dem unerwarteten Glück. Stolz, Erotik und Selbstbewußtsein standen ihr ins Gesicht geschrieben. Ihr erster großer Auftritt bei einer Modeschau wurde zu einer Sensation. Dem Motto der Saison entsprechend, das da hieß »Mode als Mysterium«, nahm das Geschehen von einem altarähnlichen Zentrum seinen Ausgang. Es war ein funkelndes Arrangement textiler Kostbarkeiten, in dessen Mitte ein mit Schmuck gefüllter Schrein prangte. Vier asiatische Frauen traten geschlossen hinter einem Vorhang auf den Steg hervor und gruppierten sich straffen Schritts in Reih und Glied. Alle waren in die gleiche, nur in unterschiedlichen Farben gehaltene Création gekleidet. Große Schinkenärmel umragten gelackte schwarze Köpfe. In militärischer Parallelität streckten sich die Beine vor und hackten nach einer von jeder Melodie abstrahierten Marschmusik den Steg entlang, eine zeitgenössische Quadrille, als hochavantgardistisch angekündigt. Zierliche Hufe, Fessel ohne Barmherzigkeit, ein Flair exklusiver Exotik, war der Kommentar.

Ida durfte drei Modelle vorführen. Ein tief dekolletiertes schwarzes Abendkleid, das die Hälfte ihres Busens offenlegte, einen getigerten Hosenanzug und eine der zum Schluß gezeigten Hochzeitsroben. Es war ein weißes, über und über mit perlmuttern schillernden Pailletten besticktes Gewand, in dem sie als »Faruks Braut« angepriesen wurde. Die Musik hatte bei ihrem Erscheinen zur Erhöhung der Spannung einen Moment lang ausgesetzt, so daß nur das Rascheln ihres künstlichen Schuppenkostüms zu hören war. Majestätisch und siegesgewiß trug sie ihre Formen ins Rampenlicht. Ihre ganze Gestalt leuchtete, als wäre sie flüssigem Mondlicht entstiegen, und das Publikum jubelte. In diese prächtige Erscheinung verliebte sich ein anwesender Pelzhändler namens Hoss. Seine Visitenkarte verschwand in Idas Abendtäschchen.

Die merkwürdigen Anträge, die ihr an diesem Abend gemacht wurden, eröffneten ihr eine neue Welt. Jemand wollte sie gegen großzügige Bezahlung als Stripperin für Privatpartys engagieren. Ein Herr, der ihr kurz darauf als Direktor eines städtischen Museums vorgestellt wurde, gestand ihr seinen spontanen Wunsch, sich nackt von ihr an einer Hundeleine führen zu lassen. Ein Dritter wollte sich mit ihr in dem noch warmen Blut eines frisch geschlachteten Affen wälzen, und eine Dame flehte sie an, als Mutter zum Nachspielen ihrer traumatisch verlaufenen Geburt herzuhalten. Was Ida bislang für perverse Ausnahmen gehalten hatte, enthüllte sich ihr in jenen so selbstverständlich vorgetragenen Ansinnen als etwas ganz Normales. Die Tatsache, daß gerade sie solche Fantasien hervorzurufen schien, erfüllte sie mit verwundertem Stolz. Je abwegiger die Anträge waren, desto unschuldiger fühlte sie sich. In den begehrlichen und von sonderbarer Schwäche gezeichneten Blicken der Bittsteller ahnte sie eine Quelle großer Macht. Aufmerksam hörte sie zu, lächelte, und ließ sich delikat verschlüsselte Adressen zustecken.

In dieser Nacht schlief sie wie ein Kind nach einer über alle Maßen reich ausgefallenen Weihnachtsbescherung. In ihrem Körperraum hatte sich die Empfindung großen Glücks ausgebreitet. Jeder, der in ihre Nähe kam, wurde davon angesteckt. Sogar auf Willi sprang ein Funke über, Ida sah es ihm an den Mundwinkeln an. Sie zitterten vor Begierde, so wie früher nur in Gegenwart Rosis. Allerdings rächte er sich sofort für diese Regung, indem er ihr noch boshaftere Dinge ins Ohr zischte als sonst. Einmal schaffte er ihr sogar das Essen unter der Tischplatte fort, denn längst hatte er ihren Plan erraten und drohte täglich, ihn im Haus herumzuposaunen.

Ida aber, von den Wogen ihrer Begeisterung über sich selbst getragen, war so frohgemut, daß sie nichts erschüttern konnte. Sie lächelte nur, wenn sie sah, wie Willi gegen seine ungewollten Regungen ankämpfte und unter dem Widerstreit dessen litt, was er wollte und was er fühlte. Dann tätschelte sie ihm die Wangen wie einem Bub, von dem nichts ernst zu Nehmendes zu erwarten ist.

Trotz allen Erfolgs aber quälten sie nachts Alpträume. So lag sie im Rohbau eines Hauses, auf nacktem Betonboden, frierend und schlaflos. Sie kam von der Vorstellung nicht los, daß durch die vielen Türöffnungen ohne Türen Einbrecher in den Raum dringen könnten, dachte aber im gleichen Augenblick: Sollen sie doch kommen, sollen sie mich doch erstechen, mich erwürgen, ich träume ja nur. Was kann mir da schon passieren. Sie war noch dabei, sich die geringe Wahrscheinlichkeit auszurechnen, daß gerade sie Opfer eines Mordes werden sollte, da näherte sich schon der Schatten einer Person. Schritte, hoher Schall zwischen den rohen Mauern, ein langes, schreckliches Lauern und Lauschen, ein Tappen und Scharren, schlimmer als all ihre Fantasien. Beim Versuch, sich möglichst geräuschlos aufzurichten, stieß sie an einen Mörteleimer, der lärmend umfiel. Jetzt würden die Einbrecher sie entdecken, sie ermorden. An die Wand gedrückt, streckte sie ihren Arm vor. Sie hielt ihre Hand gekrümmt, als umfaßte sie einen Revolver. Starr vor Angst wartete sie. Der Schatten kam näher, und schon erhob sich eine riesenhafte Person über Ida, ein Mensch mit kurzgeschorenem Haar und einem enormen muskulösen Körper. Er war eine Frau. Sie baute sich vor Ida auf, wurde größer und größer, ohne jedoch ihr Verhältnis zu der Höhe der Wände zu ändern. Ein mächtiger Leib wuchs vor Ida heran, ein gigantisches Monster. Ein Kürbisgesicht ließ eine Kalbszunge frei, die Ida über Brust und Arme fuhr, über Bauch und Beine und am Ende in all ihre Körperöffnungen gleichzeitig und ohne Rücksicht auf deren Dehnbarkeit einzudringen suchte. Ida wand sich in der Unmöglichkeit zu entrinnen. Bis sie einsah, daß ihr nichts blieb, als sich ganz und gar auszuliefern.

Noch am Abend der Modenschau war es Hoss gelungen, Idas Adresse ausfindig zu machen. Am nächsten Tag besuchte er sie, und es gelang ihm, in ihr ein spontanes Echo seiner entflammten Gefühle hervorzurufen. Sie erklärte sich bereit, für einige Zeit mit ihm auf seinen Feriensitz in der Schweiz zu fahren.

Seine Bildung, Erfahrung und sein Lebensstil imponierten ihr sehr. Sein Reichtum und sein Alter, das sie zwischen fünfzig und sechzig schätzte, erregten ihre Hochachtung. Es schmeichelte ihr, daß er wie zu einer Gleichgestellten mit ihr redete, obwohl er doch von Anfang an gemerkt haben mußte, wie ungebildet sie war. Er verstand es, ihr die kompliziertesten Dinge in den einfachsten Worten zu erklären. Auch gab er ihr das Gefühl, es wäre schon eine Ehre für ihn, nur in ihrer Nähe weilen zu dürfen.

In ihren kühnsten Träumen hätte sie sich nicht vorgestellt, eines Tages in einem solchen Haus zu wohnen. Stand sie auf der Terrasse, so breitete sich zu ihren Füßen der Lago Maggiore aus. Jenseits des Sees konnte sie Ascona und Locarno sehen und Berge, deren Gipfel mit Schnee bedeckt waren. Besonders gern saß sie in dem ledernen Ohrensessel nahe dem offenen Kamin und blickte auf das große Zebrafell, das an der Wand gegenüber ausgebreitet hing. Sie fand es komisch, wie das Zebra alle viere von sich streckte. Sie starrte auf die symmetrische Zeichnung, die in schwarzen Streifen von der Mitte des Fells ausging. Sie wußte nicht warum, aber wenn sie auf die Stelle sah, wo die Haarbüschel, die einmal die Mähne waren, so ruppig abstanden, kamen ihr die Tränen. Die Vorderbeine des Zebras waren abgeschnitten, nur kleine Ausläufer deuteten sie noch an. Manchmal stellte sich Ida vor, wie das Zebra sich mit Muskeln und Kraft auffüllte, von der Wand spränge, und in Kapriolen zum See herunter galoppierte.

War Hoss ausgegangen, um seinen Geschäften nachzugehen, durchstöberte Ida das Haus. Sie hätte gerne mehr über ihren Wohltäter gewußt. Sie öffnete die unzähligen mit Intarsien geschmückten Holzkästchen, die sich in den Schränken, Regalen und Fensternischen stapelten. Sie durchwühlte alle Fächer und Schubladen des großen Schreibtischs. Sie durchsuchte die Kleiderschränke. Aber sie konnte nichts finden außer ein paar Geschäftsbriefen, Pelzkatalogen und einer Fotografie, auf der Hoss neben einer Frau zu sehen war. Die Frau war groß, blond und schlank, sie trug einen weiten Pelzmantel und lachte unbekümmert und glücklich aus dem Bild heraus. Als Ida am Abend Hoss fragte, wer diese Frau sei, gab er keine Antwort. Überhaupt wollte er weder etwas über sich noch über seine Familie erzählen. Es gelang Ida noch nicht einmal, herauszufinden, wie alt er war.

Noch nie in ihrem Leben war sie so verwöhnt worden. Hoss scheute keine Kosten, ihre Essenswünsche zu erfüllen. Jeden Tag kehrte er mit neuen Überraschungen zurück. Einmal brachte er ein gegrilltes Ferkel, dessen Dekoration, es war mit auf Draht gedrehten Rosen gespickt, Ida in Entzücken versetzte. Das nächste Mal ließ er aus einem für seine vorzügliche Küche bekannten Hotel gebratene Fasane und Enten anliefern, Käsefondue, Bündnerfleisch, geräucherten Aal, Lachs und eine in Blätterteig gebackene Pastete.

Auch vergaß er nicht, Nachtisch und Kuchen zu besorgen. Fünfzehn Engadiner Nußtorten, Türme aus Buttercreme und Biskuit, Marzipan, nach Vanille duftender Kaiserschmarren, riesige Portionen Mokka-Eis, mit gestampftem Krokant überpuderte Sahne, frische Walderdbeeren und exotische Früchte wie Kiwis, Mangos und Ananas füllten den Eisschrank.

Am liebsten hatte es Hoss, wenn Ida nach dem Aufwachen im Bett liegen blieb. Den Kopf aufgestützt, die Hüfte hochgereckt, das Haar wallend über den Busen, in der Haltung reiner Erwartung, so liebte er sie. Sie brauchte nur die Hand auszustrecken, frische Brötchen, Croissants, Baguettes und Madeleines waren schon serviert. Sie brauchte nur mit dem Finger auf das zu zeigen, worauf sie Lust hatte, und schon reichte es Hoss ihr. Eine vielfältige Auswahl von köstlichem Schinken und Käse, von Milchfrappés und Sahnegetränken war auf einem großen silbernen Tablett um eine Kaffeekanne dekoriert.

Ida hätte sich wie im siebten Himmel gefühlt, wäre da nicht etwas gewesen, was sie zutiefst verwirrte: Hoss' Vorstellung von der Liebe. Nur in der allerersten Nacht hatte er das gewollt, was Ida unter richtiger Liebe verstand. Als er in der zweiten Nacht nur darum bat, seinen Kopf zum Einschlafen auf ihren Busen legen zu dürfen, dachte sie noch, er wäre müde. Aber als auch in den folgenden Nächten all ihre Versuche, ihn zu verführen, damit endeten, daß er seinen Kopf in ihre Achselhöhle, auf ihren Busen oder auf ihren Bauch schob und sie mit der Stimme eines Kindes um Verzeihung bat, fing sie an, sich zu wundern.

Eines sonnigen Nachmittags beschloß Hoss, mit Ida auf die andere Seite des Sees zu fahren und ihr den Monte Veritá zu zeigen. Sie besichtigten die berühmte Villa Anata, wo er ihr erklärte, was es mit den »Brüsten der Wahrheit« auf sich habe. Immer wieder umarmte er Ida und küßte sie voller Zärtlichkeit.

Die beiden gaben ein auffälliges Paar ab, und jeder, der sie sah, fragte sich, was dieser distinguierte, ältere, teuer gekleidete Herr mit einer derart ordinär aufgedonnerten und so viel jüngeren Person zu schaffen habe. Hoss genoß es wie ein Jugendlicher, daß die Leute ihn anstarrten und flüsterten. Übermütig versprach er Ida das Blaue vom Himmel und lachte und alberte mit ihr.

Lange blieben sie vor Fotografien stehen, auf denen nackte Menschen bei der Feldarbeit zu sehen waren. Ida sah sich genau die in einem Glaskasten ausgestellten Kleider an. Fasziniert betrachtete sie die Bilder einer Tänzerin, die wie ein überirdisches Wesen ihren Blick gen Himmel gerichtet hatte. Zu Hoss' Vergnügen versuchte sie auch, die magische Fingerhaltung der Tänzerin zu imitieren, was mehr komisch als schön aussah. Aber am interessantesten fand sie die Idee, daß das Unglück der Menschheit im mangelnden Verzehr von Bananen läge. Obwohl dieser Tag in glänzender Laune endete, hatte Ida nachts einen Angsttraum.

Sie träumte von einem Mann, den Hoss einen Anarchisten genannt hatte. Er saß auf einem Mühlrad und begrüßte sie. In dem Augenblick, wo er ihr die Hand reichte, verwandelte er sich in einen Häftling. Er richtete seinen aufgerissenen Blick auf ihren Busen. Jetzt erst merkte sie, daß sie nackt war. Sie hielt einen Spaten in der Hand und versuchte, die Erde umzugraben. Neben ihr stand Hoss mit einer Peitsche. Schon nach wenigen Spatenstichen war sie so erschöpft, daß sie sich ausruhen wollte. Aber Hoss verbot es ihr. Er ließ das geknotete Ende der Peitsche über ihren Rücken streifen und verursachte damit ein unerträgliches Kitzeln auf ihrer Haut. Ida konnte nicht verstehen, warum er sie so quälte. Entsetzt stellte sie fest, daß um sie herum streng aussehende Leute standen, die ebenso nackt waren wie sie selbst und die über die Niedertracht der Gefräßigkeit diskutierten. Sie benutzten Ida dabei als Anschauungsobjekt. Wörter wie Fettzellenanhäufung, Strafe und Philosophie drangen Ida ans Ohr. Hoss tat, als habe er mit alledem nichts zu tun. Sein einziges Interesse war, mit der Peitsche Idas Arbeit zu überwachen. Gab sie nicht acht, verfing sie sich in den Schlingen dieser Peitsche und stolperte. Einmal stürzte sie so unglücklich, daß sich ihre Arme und Beine auf groteske Weise ineinander verrenkten. Eine schreckliche Scham überfiel sie, vor allem wenn sie daran dachte, daß die jetzt laut grölenden Leute den Blick dreist auf ihre unfreiwillig dargebotenen Körperöffnungen gerichtet hatten. In Schweiß gebadet wachte sie auf und schmiegte sich Trost suchend an Hoss.

Er fand zunehmend Vergnügen daran, sie zu umsorgen und zu bedienen. Alles, was er für sie tat, erwies er ihr wie eine Hommage. Ida brauchte nur zu tun, wozu sie Lust hatte. Mehrmals täglich badete sie in der von tropischen Pflanzen umwucherten Wanne, behandelte ihren Körper mit Ölen und Schönheitsmitteln und schminkte sich ausgiebig und sorgfältig. Stundenlang räkelte sie sich auf dem großen, mit den Fellen junger Robben bedeckten Bett. Dabei lauschte sie der Stimme Hoss'. Er las ihr französische Gedichte vor, die sie, obwohl sie sie nicht verstand, wunderschön fand.

Zwischendurch führte sie ihm Bauchtänze vor. Er hatte sie dazu animiert und trommelte auf einer Bakubatrommel, die er von der Wand genommen hatte, den Rhythmus dazu. Um die Hüften trug sie ein silbrig schillerndes Tuch, das mit einer dicken Schleife über ihrer linken

Hüfte geknotet war. Es fiel ihr leicht, den Bauch um sein Zentrum zu rollen, und sie hatte bald eine solche Wendigkeit dabei erreicht, daß es aussah, als wäre er wie ein Kugelgelenk unter ihren Brustkorb gefügt.

Hoss war hingerissen und trommelte wie besessen. Schweiß trat ihm auf die Stirn, und er war so aufgelöst, daß er es endlich wagte, Ida seine heimlichen Wünsche mitzuteilen. Er gestand ihr, daß er sich danach sehne, von ihr erniedrigt zu werden. Froh über die Gelegenheit, ihm auf diese Weise für seine Wohltaten danken zu dürfen, überwand Ida ihre anfänglichen Hemmungen und versuchte, ihm diese Wünsche zu erfüllen. »Hau ab!« rief sie oder »Halt den Mund« oder »Du elender Versager«. Auch erregte es ihn, wenn sie ihn in der Manier strenger und beleidigender Mütter rügte und »Wo haben wir denn das böse Händchen?« oder »Jetzt ist aber Schluß mit der Schweinerei« zischte. Er bat sie, ihrer Fantasie, ihn zu demütigen, keine Grenzen zu setzen. Sie strengte sich an, aber es fiel ihr schwer.

So streckte sie ihm ihren Fuß ins Gesicht und befahl ihm, in einem Ton, wie man ihn Hunden gegenüber anschlägt, wenn man ihnen einen Knochen hinwirft, »Da küß!«. Oder sie sagte »Sei ein guter Junge und mach die Augen zu!« und fing laut atmend und mit der Zunge schnalzend an zu tanzen. Dabei hielt sie ihr Augenmerk streng darauf gerichtet, ob er ihrem Befehl folgte oder gegen ihn verstieß. Blinzelte er, was früher oder später geschehen mußte, gab sie ihm Ohrfeigen oder Kopfnüsse. Schläge auf den Hinterkopf entzückten ihn besonders und animierten ihn, wilde Trommelwirbel auf seiner Bakuba zu schlagen, die Ida wiederum zu Höchstleistungen antrieben. Ihre Bewegungen entfesselten sich, und ihr Körper entwickelte weit über seine normalen Kräfte hinaus ungeahnte Energien. Sie geriet in Ekstase. Hoss trommelte schneller und schneller, bis sich seine Erregung in einen Taumel verhaltenen Zitterns steigerte. So erreichten sie Momente höchster Spannung und fielen sich selig in die Arme.

Das Tanzen erhöhte Idas Wohlbefinden und erlaubte ihr, weil es die Verdauung anregte, noch mehr zu essen. Ihre Organe arbeiteten auf vollen Touren, alles in ihr befand sich in keimender, blühender, wachsender Bewegung.

Während der letzten Tage verließen Hoss und Ida nicht mehr das Haus. Er ließ fertige Menüs aus einem Restaurant kommen, und so hatten sie Zeit, sich ausschließlich ihren Vergnügungen hinzugeben. Sie malten sich Reisen aus, vor allem Reisen in den Orient. Sie spielten Tausend-und-eine-Nacht und fantasierten, unter gleißender Sonne zwischen Springbrunnen und mosaikverzierten Arkaden zu wandeln. Ein Experiment, das Hoss mit Ida anstellte, erwies ihre Fülle als immer noch unzureichend. Während sie auf dem Rücken lag, füllte er ihren Bauchnabel mit Öl. Nach einem orientalischen Schönheitsgesetz, hieß es, müsse der Nabel einer Frau einen halben Liter davon fassen, aber nicht einmal ein Viertel paßte in den Nabel Idas.

Zwischen Essen, Baden und Tanzen lungerten sie auf dem Bett. Am liebsten lag Hoss auf Idas Leib, den Kopf zwischen den Brüsten. In der letzten Nacht weckte sie das Gedonner auf das Dach fallender Kastanien. Und während draußen ein Unwetter tobte, gestand Hoss Ida unter Tränen seine Liebe. Daß er so anders war als andere Männer, hatte ihre Neugier geweckt. Allerdings fürchtete sie, daß mit diesem Anderssein auch seine Unfähigkeit zu dem, was sie das Eigentliche in der Liebe nannte, zusammenhängen könne. Ihre Verführungskünste hatten nur zur Folge, daß er noch demütiger wurde. Er bat sie um Geduld, jedoch ohne das Problem beim Namen zu nennen. Sie nahm sich vor, ihm diese Geduld zu gewähren, aber es fiel ihr schwer. Manchmal ertappte sie sich dabei, von den deftigen Liebesszenen mit Willi zu träumen. Während der Heimfahrt in Hoss' grün ausgepolstertem Jaguar hielten sie sich die Hände, und Ida malte sich insgeheim aus, wie es wäre, eine Ehefrau zu sein.

In der Stadt war der Weihnachtsrummel ausgebrochen, eine Hochzeit des Umsatzes. Die Käufermassen hatten sich vervielfacht. Im Haus rumorte es wie in einem mit wilden Tieren angefüllten Käfig. Merkwürdige Dinge ereigneten sich, zum Beispiel trieb ein Injektionstäter sein Unwesen. Die Kunden erfuhren darüber durch die Zeitungen, ließen sich jedoch nicht abschrecken. Immer wieder passierte es, daß Kundinnen von einem plötzlichen Stich ins Gesäß getroffen aufschrien, aber noch bevor sie sich umwenden konnten, niedersanken. In der Regel wachten sie nach kurzer Bewußtlosigkeit wieder auf. Man untersuchte die Einstichstelle, man analysierte den injizierten Wirkstoff, aber niemandem gelang es, ein Motiv oder einen Täter daran zu erkennen. Nur eine der Überfallenen konnte sich an ein blasses Gesicht erinnern, von dem sie jedoch weder Alter noch Geschlecht anzugeben wußte.

Vor dem Hauptportal war ein drei Meter hoher Weihnachtsmann aufgestellt. Seine rechte Hand diente als Sitzfläche, zu der man über eine heranfahrbare Leiter hinaufsteigen konnte. Nahm ein Kunde dort Platz, entstand der Anschein, der Weihnachtsmann trüge ihn wie ein Geschenk auf der Hand. Das pausbäckige Lachen des Weihnachtsmanns verlieh dem menschlichen Präsent etwas Verheißungsvolles. Die Aktion lief unter dem Motto »Mein schönstes Weihnachtsgeschenk: ICH«. Denn natürlich stieg man nicht umsonst auf die Hand des Weihnachtsmanns, sondern ließ sich dort ablichten, um einige Minuten später die Aufnahme golden umrahmt in Empfang zu nehmen.

Die Schlangen derer, die schon vom frühen Morgen an um ein solches Konterfei anstanden, wurden von Tag zu Tag länger. Viele erschienen in feierlicher Kleidung. Manche hatten sich wie zu Fasching kostümiert, etwa als Schneeflocke oder als Praline. Eine junge Frau beharrte darauf, nackt fotografiert zu werden und stritt so lange mit dem zuständigen Angestellten, bis er ihrem Wunsch stattgab. Das hatte zur Folge, daß eine immer größere

Schar Interessenten mit dem gleichen Ansinnen nachzog. Der Kaufhausvorplatz wurde zum Zentrum des innerstädtischen Lebens. Bald hatte sich eine Menschenmenge wie bei einer Demonstration dort eingefunden, und als am Nachmittag die Polizei einschritt, um dem Treiben ein Ende zu setzen, hatte das Kaufhaus schon reichlich seinen Profit daraus gezogen. Natürlich brachten alle lokalen Tageszeitungen die Attraktion in großer Aufmachung. Der Werbeeffekt hätte nicht besser sein können, er schlug sich in steigenden Umsatzquoten aller umliegenden Geschäfte nieder.

Auch Ida ließ sich auf der Hand des Weihnachtsmanns fotografieren, aber das Ergebnis enttäuschte sie. Ihre Körperformen fielen verzerrt aus, ihre Beine glichen denen einer Elefantin, und ihr Gesicht erschien so feist wie das des Weihnachtsmannes. Seither ärgerte sie sich über das rotweiße Ungetüm, das ihr die Sicht auf die Fußgängerzone versperrte.

Immer wieder verloren sich Familienangehörige im Trubel des Hauses, immer wieder suchten aufgeregte Mütter ihre Kinder. Nach wie vor fielen Diebe ins Haus, obwohl Willi es durchgesetzt hatte, daß die Zahl der Detektive verdreifacht worden war. Ein Segen für Ida, daß ihre Nerven gut eingebettet in Liebe und Erinnerungen lagen. Sie glitt durch das Chaos wie ein mächtiges Schiff durch das Wasser. Die Wogen hätten über ihr zusammenschlagen können, es hätte ihr nichts ausgemacht.

Willi, der Idas neues Glück neidvoll mit einem »Schön für dich« quittierte, verhielt sich in diesen Tagen besonders schikanös. Aber selbst das machte ihr nichts. Ihre Haut trug einen jungen Schimmer, ihre Bewegungen waren behäbiger und zugleich graziöser geworden, und ihrem körperlichen Reichtum war anzusehn, daß er sich um eine unerschütterliche Gewißheit rankte. Nicht einmal die Hiebe der Kosmetikerinnen konnten in ihr Gemüt dringen. Ja, sie kam sogar zu dem Entschluß, ihr Geheimnis zu lüften. Seelisch wie körperlich hatte sie ein Stadium des Fortschritts und der Zufriedenheit erreicht, für das sie sich nicht mehr zu schämen brauchte. Sie konnte von sich sagen, daß sie nicht zu jener Sorte von Menschen gehörte, die mit Pauken und Trompeten Großes anzukündigen pflegen und doch nie einen Schritt zu dessen Verwirklichung zustande bringen. Eine Versagerin war sie nicht, und das war ihr das Wichtigste.

Eines Morgens vertraute sie ihre Idee Sonja an. Der akustische Ansturm dieser Tage war unvorstellbar. Am schlimmsten war das Gezwitscher künstlicher Vögel, die mit mechanischen Schnabelbewegungen und echten Federn eine perfekte Illusion von Natur hervorriefen. Vor dem Schaufenster hatte ein Propagandist seinen Stand aufgebaut. Es faszinierte Ida, ihm zuzusehen. Immer wieder schabte er mit einem Staubsaugerfuß auf einem über und über mit Fusseln bedeckten Teppichstück, um zu demonstrieren, wie unbrauchbar dieses Modell sei. Schließlich schleuderte er es mit einer Geste übertriebenen Ärgers von sich, nahm ein anderes, hielt es in die Höhe wie ein Kleinod und kündigte theatralisch das nun zu erwartende Wunder an.

Der Mund des Propagandisten bewegte sich ohne Unterlaß. Sein Gesicht war gerötet, und in seine Stirn fielen nasse Haarsträhnen. Ida bewunderte die Unerschöpflichkeit seiner Energie, und es war ihr ein Rätsel, wie er es fertigbrachte, neun Stunden lang täglich immer den gleichen Ärger und die gleiche Begeisterung zu mimen.

Schon während ihrer zweiwöchigen Abwesenheit war Ida zum Gesprächsthema im Hause geworden. Der Katalog war wie eine Bombe eingeschlagen. Auch ihre Erfolge bei Kokille hatten sich herumgesprochen. Und nachdem Sonja das ihr anvertraute Geheimnis ausgeplaudert hatte, ging es wie ein Lauffeuer durch die Abteilungen. Haben Sie schon gehört? ... Sie muß ja verrückt sein ... Unglaublich! ... Pervers! ... Die Kommentare überschlugen sich.

Ein Hagel von Fragen prasselte auf Ida nieder. Die Nahrungsmittelabteilung schickte ihr einen großen Korb Delikatessen. Die Boutique schenkte ihr eine Bluse und ließ ihr ausrichten, dick sei schick. Sogar die Kosmetikerinnen ließen durchblicken, daß sie zu einer Versöhnung bereit seien. Die Irmissa brachte ihr mit einem »Aber Sie hätten doch etwas sagen können« den größten Strauß duftender Stoffrosen, den sie jemals gesehen hatte.

Das plötzliche Interesse für Ida reichte bis in die oberen

Etagen. Der Hauspsychologe rief sie zu sich und stellte ihr eine Reihe anteilnehmender Fragen. Sie konnte nicht ahnen, daß sie vor allem der Prüfung ihres Geisteszustandes dienen sollten. Sogar die Betriebszeitung veröffentlichte ein kleines Interview mit ihr. Aber es gab auch negative Reaktionen, die an Boshaftigkeit nichts zu wünschen übrig ließen. Meist fehlerhaft geschriebene Drohungen und Verwünschungen. Jemand erlaubte sich den sadistischen Spaß, Ida von hinten mit Nadelstichen zu traktieren. Ein Briefschreiber machte ihr den Vorwurf, was sie tue, sei eine Verhöhnung der Hungernden, und rechnete ihr vor, wie viele indische Kinder vor dem Tod gerettet werden könnten, käme ihnen nur ein Teil dessen zu, was Ida täglich verspeise.

Eine Agentur für Modefotografie legte ein Setting für Ida an. Mehrere Aufnahmen von ihr waren ihm beigefügt und zeigten sie in einem Bikini, im Porträt mit modisch aufgebauschter Frisur und in großer Robe. Der beigefügte Text wies auf die Festigkeit ihrer Muskeln hin und auf die Straffheit ihrer Haut. Die Imageskizze endete mit der Formulierung »ein Weib wie Fellinis Leinwand entsprungen«. Dies war das Urteil einer Journalistin, die für eine Frauenzeitschrift einen kleinen Artikel über Ida geschrieben hatte. Ida war froh, daß der zweite Teil des Textes in dem Setting ausgelassen worden war, denn er hatte gelautet »...freilich ohne die Grazie italienischer Eleganz, ohne das Raffinement Fellinischer Lust am Perversen, ohne die Transzendenz des südlichen Mamaismus, sondern allzu deutsch und mit einer Tendenz zum Grobschlächtigen.«

Idas kurz bemessene Freizeit reichte nicht aus, alle Angebote, die ihr von Fotografen, Journalisten und Werbeleuten gemacht wurden, anzunehmen. Dennoch wagte sie es nicht, ihre feste Stelle aufzugeben. Ein durch Hoss vermittelter Nebenerwerb sollte sich als überraschende Quelle großer Befriedigung für sie herausstellen. Es waren Gespräche, die ein in Sachen Fettsucht forschender Arzt mit ihr führte. Auf seinem Schreibtisch lag ein Ordner, dessen Aufschrift Ida mit verstohlenem Blick entzifferte. Sie lautete »Wechselspiel zwischen Körper und Seele bei adipösen weiblichen Patienten im Alter unter dreißig.« Der Arzt verlangte von ihr nichts, als daß sie über ihre Kindheit erzählte.

Sie hatte sich dazu auf einer Liege auszustrecken, zu deren Kopfende der Arzt saß und ihr Fragen stellte. Sie kreisten vor allem um Idas Verhältnis zu ihrer Mutter, ihrem Vater und ihren Geschwistern. Obgleich Ida sich nicht den Sinn solcher Gespräche vorstellen konnte, ließ sie sich bald willig darauf ein. Sie erzählte, was ihr gerade in den Sinn kam und fand sich unversehens in ihre Kindheit zurückversetzt. Manchmal mußte sie weinen. Für solche Gelegenheiten hielt der Arzt ein dickes Paket Papiertaschentücher bereit. Manchmal breitete sich ein angenehmes Sträuben über ihre Haut, und ihr war, als wüchse ihr an den Innenseiten ihrer Beine ein zartes Fell. Manchmal fiel ihr nichts zu sagen ein, und sie schwieg und wunderte sich über den sanften Rhythmus ihres Herzschlags. Es tat ihr gut, wenn der Arzt mit leiser Stimme sprach. Sein Interesse an ihr erschien ihr ungewöhnlich und schmeichelte ihr.

Manchmal geschah es, daß einzelne Wörter Bildkaskaden in ihr auslösten. Einmal brach sie in Tränen aus, als sie die Erinnerung an die Schürze ihrer Mutter überfiel, und sie konnte auf die eindringlichen Fragen, die der Arzt ihr stellte, nichts antworten. Statt dessen stammelte sie nur immer wieder »Mamas Schürze«, und plötzlich erinnerte sie sich an den Körper ihrer Mutter und sah, wie er zwischen hochragenden Kissen hin und her schaukelte.

Eines Tages hatte sie die Vision einer großen Brust. Sie wölbte sich wie eine Wolke über sie, und die Stimme des Arztes entfernte sich wie das leise Rollen eines Donners. Ida seufzte und streckte die Arme aus! Sie griff nach der Brust und fand sie zu ihrer Überraschung warm und wunderbar weich. Aber im selben Augenblick war sie auch schon wieder verschwunden, denn sie hatte sich in eine harte Bepackung aus Büstenhalter und etwas Gestricktem verwandelt. Ohnmächtige Wut stieg in Ida hoch. Sie ballte die Hände zu Fäusten und hämmerte in die Luft. Der Arzt notierte sich den merkwürdigen Vorgang, der an ihrem Mund zu beobachten war: Er hatte sich aus einer Haltung lächelnder Entspanntheit plötzlich verzerrt und in kindischem Verlangen derart vorgestülpt, daß er aussah wie ein Rüssel.

Kurz vor Weihnachten begab Hoss sich auf eine Geschäftsreise. Er telefonierte aus Leningrad, Paris und Athen. Seine Anrufe kamen immer nachts zwischen zwei oder drei Uhr. Ida genoß es, auf diese Weise aus den Träumen gerissen zu werden. Sie murmelte schlaftrunkene Wörter ins Telefon und sagte ihm, daß sie sehnsüchtig auf seine Rückkehr warte. Er versprach ihr einen Pelz, eine gemeinsame Reise und pflegte sich mit dem Seufzer »Je t'aime, je t'adore, j'ai envie de toi « zu verabschieden. Erwachte Ida nach solchen Nächten, war ihr, als hätte sie große Entfernungen zurückgelegt. Es tat ihr wohl, sich derart umworben zu wissen. Sorgfältig pinnte sie die Postkarten, die er ihr schrieb, an den Küchenschrank.

Immer wieder machte Hoss ihr die schönsten Versprechungen, und bald hatte sie den Eindruck, seine Reise diene nur dazu, die Felle für den Pelzmantel, den er ihr schenken wollte, aufzutreiben. Immer wieder sprach er davon, wie gut ihr ein solcher Pelz stehen müsse. Er wisse, sagte er, warum die Frauen Pelze so liebten, und auch die Männer, die ihnen Pelze verehrten. Er behauptete, ein Pelz sei wie ein zärtliches Vergessen. Er wappne gegen jede böse Erinnerung. Ein schöner Pelz sei wie ein Strich durch die Rechnung der Vergangenheit, denn er habe die Eigenschaft, die Gegenwart auf sinnlichere und zärtlichere Weise spürbar zu machen als alles andere. Hoss hatte eine ganze Philosophie über Pelze entwickelt, wobei er einen grundsätzlichen Unterschied machte zwischen den jungen, häutigen, gleitenden Sorten und den dicken, schweren und buschigen. Seine Vorliebe galt den ersteren. Er pries ihre fötalen Eigenschaften, die, wie er glaubte, die Trägerinnen in seligste Zustände versetzen könnten. Einen solchen wolle er Ida mitbringen, sagte er.

Als Ida eines Abends von der Arbeit mit der U-Bahn nach Hause fuhr, plazierte sich neben sie eine merkwürdig aufgeregte Frau. Ida beobachtete, wie sie auf die Ablage unter dem Fenster ein Päckchen schob, dessen leichtes Papier sich hoch über ein eckiges Tablett bauschte. Nach einer Weile unverwandten Hinstarrens auf das Päckchen begann die Frau vorsichtig, das Papier an der ihr zugekehrten Seite zu öffnen. Das Päckchen hatte nun ein kleines Maul, hochgestülpt wie eine Fischlippe. Ein paarmal fuhr die Frau mit ihrem Zeigefinger in das Päckchen hinein, um auf ihrer Fingerkuppe winzige Mengen einer cremigen Masse daraus in den Mund zu befördern. Dann knüllte sie das Papier wieder zu, als hätte sie darin etwas Unanständiges einzuschließen, nur um es nach kurzem stupidem Daraufstarren wieder aufzunesteln. Jetzt wanderten immer größere Batzen der weißen Masse aus dem Päckchen in den Mund der Frau. Ihren Rücken hatte sie rundgebogen, ihr Kopf fiel immer tiefer, immer näher an das Ziel ihrer Begierde. Ihre Bewegungen hatten etwas Heimliches, allzu Flinkes. Plötzlich beugte sie sich noch weiter vor und lugte in das Maul hinein, so wie man durch ein Schlüsselloch eine geliebte Person beäugt. Dann stach ihr Finger so tief in das Papier, daß ihre Hand zur Hälfte darin verschwand. Eine enorme Fuhre wurde herausbefördert, der eine zweite und dritte folgte. Zu guter Letzt riß die Frau das Papier ganz auf und machte sich daran, mit der Schaufel ihrer zusammengepreßten Finger das Gemisch von Braun, Weiß und Rot, den zerschlachteten Rest einer Schwarzwälder Kirschtorte, in ihren Mund zu heben. Nachdem alles aufgegessen war, hob sie die Pappe vor ihr Gesicht und leckte sie inbrünstig ab. Was übrig blieb, wanderte zusammengeknüllt in ihre Handtasche.

Ida sah diesem Tun voller Ekel zu. Am liebsten hätte sie der Frau die Faust ins Gesicht gestoßen. Wie beschmutzt kam sie sich vor, als hätte ihr jemand etwas widerlich Intimes aufgedrängt.

Manchmal komme ich mir vor wie in einem Film. Oft bin ich müde, aber ich bin auch glücklich. Ich gebe mir Mühe, zu Ende zu führen, was ich mir vorgenommen habe. Hoss ermutigt mich, er findet alles richtig, was ich tue und wie ich es tue. Warum man mich so bewundert? Es scheint ganz einfach zu sein, man muß den Leuten nur etwas bieten. Etwas, was sie nicht langweilig finden. Hat mich doch neulich nach einer Modenschau ein Mann gefragt, ob ich ihn heiraten will. Aber die Menschen können auch böse sein. Was ich machmal auf der Straße zu hören bekomme! Nein, ich höre nicht hin. Ich weiß ja inzwischen, wie man sich zusammenreißt. Ich schaue mich jetzt jeden Tag im Spiegel an, in meiner Situation ist das schon von Berufs wegen nötig. Vielleicht werde ich einmal ein berühmtes Fotomodell? Es verletzt mich, wenn die Leute bei meinen Auftritten lachen. Als wäre ich nur komisch. Besonders wenn ich in dem getigerten Hosenanzug auftauche.

»Einmal muß aber Schluß sein!« Soll ich mir das sagen lassen? Schließlich habe ich Herrn Kokille von meinem Vorhaben informiert, bevor ich den Vertrag abgeschlossen habe. Sie hätten damit rechnen müssen, daß meine Modelle regelmäßig weiter gemacht werden müssen. Den Hosenanzug hat die Schneiderin schon zum vierten Mal genäht. Was kann ich dafür? Ich höre auf Hoss. Laß dich nur nicht unsicher machen, Ida, nur nicht. Er sagt das immer so lieb. Was man mir alles anträgt, ich könnte Romane schreiben. Ob Hoss mich wirklich liebt? Vielleicht sollte man sich solche Fragen gar nicht stellen? Wie sehr wünsche ich mir, daß es irgendwann ganz normal mit ihm wird. Willi ist ein Teufel, ich bin froh, daß heute alles so ist wie es ist. Obwohl ich es genieße, daß er mich jetzt begehrt und ich ihn gar nicht mehr. Wirklich gar nicht? Wenn doch Hoss nur normal sein könnte!

Dickerchen hat Willi gesagt. Dafür müßte ich ihm noch nachträglich eine Ohrfeige geben. Der Chef der Boutique hat gemeint, vielleicht wird eine Abteilung für schicke Übergrößen eingerichtet. Ich weiß nicht, warum ich mich ärgere, wenn sie sagen, dick ist schick. Heute die Bettler in der Fußgängerzone! Eine Schlägerei wegen einem gebratenen Huhn, das Herz hat sich mir umgedreht. Wenn ich Hoss nicht hätte! Wann er mir den Pelzmantel schenkt? Ich will ihn nicht drängen. So etwas macht man nicht. So etwas hat mit Liebe nichts zu tun. Ich würde zu gern seine Frau sehen. Ob sie die Blondine von dem Foto ist? Er ist so verschlossen. Aber ich verstehe ihn. Auch reiche Herren haben Angst. Aber unsereins hat seinen Stolz. Ob ich einmal heiraten werde? Immer wenn ich als Faruks Braut auftrete, stelle ich mir das vor. Orgelmusik und der Hochzeitsmarsch. Ganz altmodisch. Immer fragen mich die Leute, ob ich weitermache. »Natürlich« sage ich dann, »was sonst?« Manchmal komme ich mir vor wie eine Sensation. »Sie ist ein Kunstwerk am eigenen Leibe«, hat der Personalchef gesagt, als neulich Herren aus Frankreich im Haus herumgeführt worden sind. »Madame Ida«, hat er gesagt, »das ist unsere Madame Ida.« Und die Herren haben gelacht. Es gibt viele Arten zu lachen, das weiß ich heute. Die Franzosen haben sympathisch gelacht.

Ein Tag, an dem ich mich sehr obenauf gefühlt habe. Sowieso. Aber warum wird mir manchmal so angst und bange? Bei Hoss fühle ich mich wohl. Er ermutigt mich und findet alles gut, was ich mache und wie ich es mache. Manchmal möchte ich mir die Ohren zuhalten. Es ist zuviel. Die Frau, die gestern in der Strumpfabteilung einen Schreianfall hatte. So etwas bringt die ganze Abteilung in Unordnung. Früher haben mich die Weihnachtslieder immer traurig gemacht. Heute gehen sie mir auf die Nerven. Den ganzen Tag ›Stille Nacht‹, das soll ein Mensch aushalten, ohne seine romantischen Gefühle zu verlieren. Ob Willi immer noch mit Rosi schläft? Ich habe sie schon lange nicht mehr zu ihm hinschlendern sehen. Aber vielleicht habe ich nicht genug aufgepaßt. Komisch, wie man manchmal etwas vergißt, was einem früher schlaflose Nächte bereitet hat! Daß die Irmissa so nett sein kann! Ich muß mich gut mit ihr halten. Die Parfums und Schönheitsmittel kann ich gebrauchen. Wenn man in der Kosmetik arbeitet, hat man viele Vorteile. Ich sollte mir öfter eine kostenlose Behandlung verschaffen. Ich habe noch tagelang danach das Gefühl, die Masseuse würde mir den Hals streicheln. Das Training im Körperinstitut werde ich bald sein lassen müssen. Die Zeit. Man kann nicht alles auf einmal. Gott sei Dank bin ich jung und habe noch festes Fleisch. Ich bete, daß alles gut geht. Warum auch nicht? Ich sollte mir mehr Zeit für Hoss nehmen. Er beruhigt mich immer so. Wenn er doch nur einmal ganz normal sein könnte. Aber er ist nicht so wie die Herren, die mir Visitenkarten zustecken. Wenn ich nicht anständig wäre, könnte ich ihn nicht lieben. Liebe ich ihn? Vielleicht ist alles nur ein Film? Alles! Man glaubt gar nicht, was so alles passiert hier im Haus. Sonja behauptet, im fünften Stock wäre ein Kinderstrich. Kinder, die nicht älter als zwölf oder dreizehn sein können, würden den Leuten anbieten, ihnen die Taschen heimzuschleppen, nur um sie in deren Wohnung zu verführen und zu erpressen.

Du lieber Himmel, wenn es nur nicht wahr ist. All das schöne Fleisch, das sie letzte Woche im Sonderangebot hatten, angeblich von exotischen Tieren, die man hier nicht kennt und die in Amerika als Delikatesse gegessen würden. Aber ich kann mir nicht vorstellen, daß Ratten so gut schmecken. Wenn es stimmt, gibt es einen Skandal. Willi hat einen Handtaschendieb gefaßt, der nichts will, als den Frauen Tampons aus den Taschen zu stehlen. Es soll auch schon mal einen gegeben haben, der heimlich die Eimer auf den Klos geleert hat. Mir wird schlecht, wenn ich an so etwas denke. Warum sind die Leute nur so? Ein Verrückter hat neulich in der Damenwäsche ein paar hundert Mäuse ausgesetzt. Plötzlich waren überall Mäuse, in den Hemden und Schlüpfern und in den Umkleidekabinen, überall wimmelte es. War das ein Gekreisch! Einer Verkäuferin war eine Maus in den Pullover gefallen. Und wie viele haben sie aus Versehen zu Tode getreten! Ich finde, das ist Tierquälerei. Aber das Schrecklichste, was passiert ist, war die Sache mit der Leiche. Erst haben sie einen Finger gefunden in der Tiefkühltruhe. Die arme Kundin, sie hatte einen Schock weg. Dann haben sie einen Arm und ein Bein im Warenlager entdeckt. Und schließlich hat man den Rest, aber ohne Kopf, aus dem Schwimmbassin im Souterrain geholt. Ich möchte wissen, was sich einer denkt, der so etwas macht. Leichen gibt es schließlich öfter hier. Herzversagen, Hirnschlag, daß einer einfach umfällt und blau anläuft. Auch schon mal einen Mord. Aber so? Ich glaube, ich könnte nichts mehr essen, wenn ich diejenige wäre, die den Finger gefunden hat. Gott sei Dank habe ich immer noch Appetit. Die Muräne im Lukullus. Hat noch gelebt, sie machen das immer so in diesem Schlemmerlokal. Bestimmt ein Meter lang und dick wie ein Männerarm. Gut, daß sie nicht nach Schweinefleisch geschmeckt hat. Angeblich hat sie ja nur Schweinefleisch gefressen. Ob es stimmt, was Hoss sagt? Daß die römischen Herren ihre Muränen mit Sklavenfleisch gemästet haben? Auf jeden Fall hat sie geschmeckt, besser als ich gedacht hätte. Ich bete, daß Hoss endlich einmal wird, wie ein Mann eigentlich sein soll. Ob ich ihn vermissen werde, wenn er mit Frau und Kindern in den Wintersport fährt? Davos, mein Gott. Ob es mit seiner Frau so ist wie mit mir?

Bevor Hoss zu Weihnachten mit seiner Familie in die Schweiz fuhr, erstand er einige Überraschungen für Ida. Sie wurden kurz vor Weihnachten angeliefert. Es waren ihr geliebtes historisches Bett, eine neue Tiefkühltruhe und ein Massageaufsatz für ihre Dusche. Hoss hatte sogar daran gedacht, rechtzeitig einen Malermeister damit zu beauftragen, Idas Schlafzimmer nach historischem Vorbild zu tapezieren. Das Bett füllte das Schlafzimmer fast vollständig aus, nur ein schmaler dreiflügeliger Toilettenspiegel hatte noch darin Platz. Diese liebevollen und großzügigen Neuerungen konnten sie jedoch nicht darüber hinwegtrösten, daß sie den Heiligen Abend ohne ihren Geliebten verbringen sollte.

Ida war nicht fromm, dennoch überkam sie um die Weihnachtszeit eine tiefe Sehnsucht nach Menschen, die sie »meine Lieben« hätte nennen können. Daß Hoss ihr eine Postkarte geschickt hatte, auf der ein schloßartiges Gebäude inmitten einer verschneiten Landschaft zu sehen war, eine Abbildung des Hotels Schatzalp in Davos, löste Bitterkeit in ihr aus. Nicht daß sie eifersüchtig auf seine Frau gewesen wäre oder ihm das Zusammensein mit seinen Kindern mißgönnt hätte. Es war nur seine Abwesenheit, und daß sie ihr schönes Bett alleine einweihen mußte, daß niemand ihr einen Baum aufstellte und niemand sie an diesem Abend in die Arme schloß. Der einzige Trost war ein Telefonanruf und Hoss' Stimme aus der Ferne, mit ihrem vertrauten »Je t'aime, je t'adore ...« Obwohl sie ihm glaubte und davon überzeugt war, daß die Frau an der Seite eines Mannes grundsätzlich weniger zu hoffen hat als eine begehrte Entfernte, hätte sie an diesem Tag bevorzugt, die Ehefrau zu sein. Wie oft hatte sie schon die Nummer Nullnullvierelfdreiundachtzig gewählt, nur um gleich wieder aufzulegen. Denn sie wußte, nichts verabscheute Hoss mehr als Wirren in persönlichen Dingen. Und er hatte sie dringend gebeten, jeden Anruf zu unterlassen.

So versuchte sie, ihre Sehnsucht zu zügeln. Das Prinzip, »sich rar zu machen«, gehörte zu den Grundsätzen allgemeiner Verführungskunst im Haus und war eines der häufigsten Gesprächsthemen unter den Kolleginnen. Es basierte auf der Überzeugung, daß Männer nichts widerwärtiger wäre als eine sehnsüchtige Frau. Das A und O jeder erfolgreichen Verführung wäre das richtige Timing der Hingabe, hieß es. Am besten im Augenblick höchster Ungeduld und als Siegesgabe nach langem Kampf. Außerdem war es eine ganz persönliche Lehre, die Ida aus ihrem Desaster mit Willi gezogen hatte. Und aus der Erfahrung, daß die Liebe erst zu funktionieren schien, wenn man sich getrennt hatte. Erst als Exgeliebte pflegten sich die Männer an die Schlaraffenzeiten des Begehrtwerdens zu erinnern.

Am Heiligen Abend schneite es, und Ida bedauerte sehr, daß Hoss ihr immer noch nicht den versprochenen Pelzmantel geschenkt hatte. Denn es war bitter kalt, und sie fror. Es ist eine Lüge, dachte sie, daß die Üppigen weniger frieren als die Dünnen. Ihre Haut war noch empfindlicher geworden als früher.

Das in Hoss' Auftrag von einem Hotelpagen gelieferte Menü bestand aus einem in Teig gebackenen Rinderfilet, einer gefüllten Gans, einem Karpfen, sieben Portionen Kartoffelklößen, einer Terrine Spargelcrèmesuppe, einem aus Speiseeis geformten Schwan, einer Schwarzwälder Kirschtorte und einer großen Schüssel voll Mousse-au-chocolat.

Bevor Ida das Festmahl zu sich nahm, legte sie sich in die Badewanne. Das Badezimmer hatte sie mit Kerzen beleuchtet und mit ihrem Lieblingsparfüm Shalimar ausgewölkt. Stundenlang räkelte sie sich im Wasser, eine Flasche Champagner griffbereit und delikate kleine Snacks zum Hors d'oeuvre neben sich. Aus dem Radio erklangen Predigten, Weihnachtsmusik und Politikerreden zum Trost der Einsamen, Arbeitslosen und Kranken.

Ida genoß den Anblick ihres wasserumspülten Körpers. Wie Sandbänke hoben sich ihre Oberschenkel aus der hellgrünen Fläche. Ihre schwimmenden Brüste schimmerten bläulich geädert. Großen Bugen gleich ragten sie vor und verjüngten sich bis zu den Brustwarzen, die wie Galionsfiguren aufgerichtet waren. Von Zeit zu Zeit drehte Ida mit dem großen Zeh den Wasserhahn auf und ließ heiß nachlaufen. Die über dem Fußende der Wanne aufgestellte Kerze spiegelte sich genau über der Mitte ihres Körpers. Schielte sie, so spiegelte sich die Kerze doppelt, und zwei Flammen umflackerten das dunkle Dreieck ihrer Schamhaare. Schielte sie noch mehr, erschien an dieser Stelle, symmetrisch über ihren Beinen, ein rundum glitzernder Weihnachtsbaum.

Den ganzen Abend stellte sie sich vor, Hoss wäre bei ihr. Sie redete mit ihm, als wäre er wirklich da. Bevor sie sich zu Tisch setzte, legte sie ein Gedeck für ihn auf. Ihr Sektglas stieß sie gegen den Spiegel an, mit ihrem Mund küßte sie in die Luft. Der Duft der Speisen hatte ihr Appetit gemacht. Ihr an diesem Abend gefaßter Entschluß zu noch vermehrtem Wachstum verschmolz mit ihrer Lust auf das Essen wie zu einem alchimistischen Gemisch.

Das Rinderfilet war butterzart, sie hatte es mit dunkelroter Cumberlandsauce übergossen. Die mit Maronen gefüllte Gans, die sie als Hauptspeise aß, ließ Wehmut in ihr aufkommen. Sie erinnerte Ida an die Weihnachtsfeste ihrer Kindheit. Der Geschmack der sämigen, sanften Sauce versetzte sie in eine Art spiritueller Entrücktheit, aus der sie erst wieder aufwachte, als sie die Gans bis auf die Knochen verspeist hatte. Der Karpfen hatte jedoch immer noch ausreichend Platz in ihr, und nachdem sie ihn aufgegessen hatte, stellte sie sich vor, wie er im Teich ihrer inneren Zufriedenheit seine Kreise zöge.

Vor dem Einschlafen verlor sie sich in den Anblick einer Postkarte von Hoss, auf der sich in Eis modellierte Löwen, Delphine und Palmen um Silbertabletts mit reich garnierten Speisen rankten. Sie sah sich selbst an diesem Ort, wie sie in einem Liegestuhl in der Sonne läge, zugedeckt mit einem Pelz, ein Glas Sekt neben sich und eine große, straßverzierte Sonnenbrille auf der Nase. Sie sah, wie Hoss sie in die Arme nahm und küßte. Und wie sie sich zögernd von ihm aus dem Liegestuhl locken ließ und ihm in ein Schlafzimmer folgte, wo endlich und ausgiebig das geschah, was ihr als das Eigentliche erschien. Sie hörte das weihnachtliche Läuten der Glocken und sank mit dem Blick in den rotgoldenen Brokathimmel ihres neuen Betts in Schlaf.

Am Vormittag des Silvestertages lief ihr Willi über den Weg. Er sah schlecht aus, als habe er lange nicht geschlafen, und er brachte es noch nicht einmal fertig, unverschämt zu ihr zu sein. Sie hingegen fühlte sich frisch, aufgeräumt und zufrieden. Ihre Jahresbilanz hatte sie gestärkt. So konnte sie ihm entgegentreten ohne die Anstrengung, falsche Unabhängigkeit demonstrieren zu müssen. Sie wunderte sich nur, wie fremd Willi ihr geworden war. Sie mußte immerzu auf eine kleine Stelle unter seinem linken Auge sehen, an der sich ein Leberfleck und ein Büschel Haare gebildet hatten. Sie fand ihn gealtert, und daß er ohne Unterlaß von seinen neuesten Ideen zur Finanzierung seines Detektivbüros redete, erweckte ihr Mitleid. Wußte sie doch, daß er niemals auch nur einen Schritt zur Verwirklichung dieses Traums tun würde. In dieser überlegenen Gewißheit lud sie ihn ein, am Abend zu ihr zu kommen. Der ortsansässige Rotary-Klub hatte sie zu einem Auftritt während seines Silvesterballs engagiert.

Um Mitternacht, als die Lichter erloschen, wurde Ida von einer Gruppe Kellner auf einem riesigen silbernen Tablett in die Mitte der Tanzfläche getragen. Sie war umtürmt von einem Berg glänzender Früchte. Ihre Schultern ragten frugal aus den grünschillernden Taftblättern eines eigens für sie von Kokille entworfenen Kleides. Sie strahlte üppigen Reichtum aus. Sie hatte nichts zu tun, als mit generöser Bewegung Trauben, Äpfel, Nüsse, Mangofrüchte, Ananas, Kiwis und Rosenblüten auszuteilen. Willi indessen blähte sich stolz in seinem aus der Herrenkonfektion geliehenen Smoking und genoß es, der Begleiter einer so schönen und bewunderten Person zu sein. Sie war eine der begehrtesten Tanzpartnerinnen an diesem Abend. Wie immer ließ sie viele Visitenkarten in ihr Abendtäschchen gleiten, und die Flaschen Champagner, die ihr an den Tisch getragen wurden, lehnte sie auch nicht ab. Ihre von oben bis unten mit großen Blättern umnähte Robe ließ ihre Formen noch ausladender erscheinen. Ihr Décolletée hatte sie mit glitzerndem Puder bestäubt, und in ihrem Haar funkelten kostbare Spangen.

Wenn sie aber tanzte, tanzte sie nur für Hoss. In Erinnerung an den Lago Maggiore rollte sie ihren Bauch in alle Richtungen. Die Gäste spendeten begeistert Applaus, und die Musiker schlugen einen orientalischen Rhythmus an. Willi nahm derweil die ersten Aufträge für sein nicht existierendes Detektivbüro in Empfang. Er sonnte sich in Idas Ruhm und hätte in diesem Moment nichts sehnlicher gewünscht, als daß alle Kollegen mit ansehen könnten, welch ein bewundernswertes Paar er und Ida abgaben. Der Alkohol floß in Strömen, und eine tiefversöhnliche Stimmung hatte Ida ergriffen. Jedesmal, wenn sie erhitzt vom Tanz zurückkam, ließ sie sich auf Willis Schoß fallen und drückte ihm Küsse auf Wangen, Mund und Augen, immer in dem genüßlichen Bewußtsein, weder Lust auf ihn noch sonst ein verwirrendes Gefühl zu verspüren. Sie war überzeugt, jetzt einen wirklichen Freund in ihm zu haben und prostete ihm mit vielsagender Geste zu. Wir zwei Singles, rief sie und hob lachend das Glas. Sie rupfte ihm die Härchen aus dem Leberfleck unter seinem rechten Auge aus, als hätte sie immer noch einen Anspruch auf ihn und seinen Körper. Er ließ es wehrlos geschehen. Nur wunderte er sich über einen neuen Ton in ihrem Lachen, der ihm frivol vorkam. Sie dachte gerade an Hoss, und ihr war, als ob auch er an sie dachte.

Sie fühlte sich so sehr geliebt, daß selbst jenes Ereignis auf dem Weg zur Toilette sie nicht um ihre gute Laune bringen konnte. In dem teppichgepolsterten Gang fiel ein Mann über sie her, warf sie zu Boden und versuchte, ihr sein erigiertes Glied in den Mund zu stoßen. Er saß dabei auf ihr wie ein Catcher und klemmte seine Beine um ihren Körper. Als sie für den Bruchteil eines Moments den Mund öffnete, um nach Luft zu schnappen, weil der Mann ihr die Nase zuhielt, schob sich das Glied zwischen ihre Zähne. Ein warmer Schwall ergoß sich in ihren Mund. Sie würgte und biß zu. Mit einem unterdrückten Schrei ließ der Mann von ihr ab.

Arm in Arm kehrte sie mit Willi am frühen Morgen nach Hause. Voller Liebe zu Hoss, an den sie immer noch denken mußte, stürzte sie sich auf ihn. Sie warf ihn auf ihr Bett, umarmte ihn, küßte ihn hemmungslos ab und feuerte ihn mit Sätzen wie »Du bist doch ein Versager« an.

In dieser Nacht liebte Willi Ida leidenschaftlicher als je zuvor. Sie aber hatte nur Hoss im Sinn, nur ihm galten die Zärtlichkeiten, die sie Willi zukommen ließ. Sie liebte ihn mit der Rücksichtslosigkeit einer Kriegerin. Sie walkte ihn, hob ihn in die Höhe und senkte ihn in die Tiefe. Sie war so freigiebig in dieser Nacht, wie es nur im Gefühl unbegrenzter Freiheit möglich ist.

Daß Schmähreden in Idas Nähe gehalten wurden, daß Wörter, die sie lieber wieder vergessen wollte, an ihr Ohr drangen, daran hatte sie sich längst gewöhnt. Hoss, mit seiner gelassenen Einstellung zu allen Erscheinungsformen menschlicher Niedertracht, hatte ihr dabei geholfen. Immer feixen die Menschen, hatte er gesagt, wenn etwas Großes in ihrer Nähe entsteht. Immer verstehen sie nichts im Käfig ihrer Gegenwart. Er hatte ihr eine Stelle aus dem Zarathustra vorgelesen, wo die Unwissenden in Gelächter ausbrechen angesichts des über sie Hinausgewachsenen. Hör nicht hin, sagte Ida sich jetzt, wenn man sie demütigte.

Nur wenn es zu körperlichen Attacken kam, wenn ihr jemand ins Fleisch griff, packte sie die Wut. Dann konnte es vorkommen, daß sie sich zu Handgreiflichkeiten hinreißen ließ. Einige Male war sie auf diese Weise schon in Schlägereien verwickelt worden.

Einmal wollte sie den Weg vom Körperinstitut nach Hause verkürzen. Anstatt wie gewohnt durch eine belebte Straße zu gehen, nahm sie den Weg durch die Parkanlage, die den inneren Grüngürtel der Stadt bildete. Zuerst hörte sie nur Schritte hinter sich. Sie sah nichts, aber sie fühlte eine Horde auf sich zukommen. Entschlossen faßte sie ihren Mantelkragen unter dem Kinn zusammen. Niemand sonst war in der Nähe. Sie hörte nur die Schritte immer schneller werden. Sie bezwang sich, nicht zu rennen und so zu tun, als wäre nichts. Aber schon zischte es: Speckvotze, Kanakenkloß, Fettwanze. Hände langten nach ihr, rissen ihr den Schal vom Hals, zerrten ihr am Haar. Ida wollte schreien, wollte rennen, aber schon war sie gefangen, und die Stimme versagte ihr. Ein Schurkopf sprang vor sie hin, breitbeinig gestikulierte er, als hielte er einen Balken zwischen den Beinen. Flüche rotierten in Idas Kopf, wild eingeschlossen, und sie wunderte sich, daß dies alles wirklich sein sollte.

Sie spürte, wie zwischen ihr und den Gestalten ein Niemandsland wuchs. Ihr war, als dehnte sich ihr Körper noch mehr aus und bildete eine Pufferzone. Jetzt klatschten die Angreifer in die Hände und schoben ihre Leiber in einem bedrohlichen Rhythmus an ihr Opfer heran. Sie drängten Ida in die noch dunklere Buschgegend des Parks und zwangen sie in einen mit Gerümpel gefüllten Schuppen. Jemand stieß ihr einen stumpfen Gegenstand gegen die Brust. Die Handtasche wurde ihr entrissen und unter Gelächter entleert. Dann wurde ihr befohlen, die Augen zu schließen. Der Wortführer schnippte mit den Fingern. Ran an den Speck, brüllte er und machte ein paar übertrieben gezierte Stripbewegungen, so als wolle er sich entkleiden. Die anderen stürzten sich grölend auf Ida und rissen ihr die Kleider vom Leib. Als sie nackt dastand, näherte sich die Hand des Schurkopfs mit einem Messer. Mit der blinkenden Spitze zeichnete er Idas Körpermitte nach. Er hielt das Messer so nah an ihre Haut, daß sie sich mit der geringsten Bewegung daran verletzt hätte. Sie wagte kaum zu atmen. Ein Hagel Spucke prasselte auf sie nieder, und während die Messerspitze in ihren Nabel glitt und um ihr Geschlecht kreiste, war ihr, als schlüpfe sie aus ihrer Haut heraus und ließe sie zurück wie eine Statue.

Jähes Scheinwerferlicht, das sich jetzt auf sie richtete, schloß ihr die Augen. In diesem Moment wurde sie gepackt, die Arme wurden ihr auseinandergerissen, die Beine, sie spürte, wie sie über etwas Hartes gezogen, gerollt und geschlagen wurde. Sie dachte noch, sollen sie doch. Aber alles, was dann geschah, die Demonstration ihres Körpers, zu der man sie zwang, die demütigenden Verbiegungen, die Handlungen, die sie an den Männern zu deren Befriedigung vornehmen mußte, das Aufgerissenwerden ihres Afters, zerstörte die Statue Schicht für Schicht. Sie schrie um Hilfe. Sie rief nach ihrer Mutter. Sie wunderte sich darüber, daß sie keine Angst mehr hatte, nur mehr ein Gefühl unendlicher Verlassenheit. Sie sah sich selbst in dieser Szene aus einer immer größer werdenden Distanz, bis sie, von einem überwältigenden Schmerz getroffen, sich aus den Augen verlor.

Als sie später aufwachte, fand sie sich zwischen Bierflaschen, inmitten einer Lache von Alkohol und Schlier. Sie hatte Schmerzen am ganzen Körper. Sie hängte sich ihren mit Exkrementen beschmutzten Mantel über und lief auf die Straße in die längst entleerte Innenstadt, wo sie von einer Polizeistreife aufgelesen wurde.

Was man Ida in dieser Nacht angetan hatte, sollte sich als finsteres Entsetzen in ihre Seele senken. Sie verlor an Gewicht, denn weder hatte sie Appetit, noch wollte die Nahrung, die sie dennoch in sich zwang, bei ihr bleiben. Manchmal, im Dämmer des Halbschlafs, erschien ihr der eigene Körper nur noch aus Knochen und zerklüftetem hautlosen Fleisch. Trotz Hoss' Überredungsversuche weigerte sie sich, ein Bad zu nehmen oder sich zu waschen. Ebenso beharrlich, wie sie jede Berührung mit Wasser mied, lehnte sie es ab, das Bettzeug zu wechseln. Ihr war, als ob die Ausdünstungen ihrer Haut sich wie ein neuer Schutz um sie legten. Meist lag sie, die Nase in die Armkuhle geschoben, den eigenen Körpergeruch in sich saugend, zusammengerollt wie eine Katze da.

Hoss stattete ihr gelegentliche Besuche ab. Obwohl er Verständnis für ihren Eigensinn hatte, ekelte ihn ihr Anblick. Denn nichts war ihm mehr zuwider als jede Art von Schmutz. Zugleich dauerte es ihn, wie sie sich im halbverdunkelten Schlafzimmer hin- und herwarf, ohne daß ihr auch nur ein einziges Wort über das Geschehene zu entlocken gewesen wäre. Auch fürchtete er, in finstere Machenschaften verwickelt zu werden, denn daß Idas Zustand mit einer Gewalttat zu tun haben müßte, schien ihm eindeutig. Unklar war ihm nur, auf welche Weise sie darin verstrickt war. So kniete er vor ihrem Bett nieder, nahm ihr Gesicht in seine Hände, die vor Scham feucht waren, und sagte ihr, wie sehr er es bedaure, schon wieder eine Geschäftsreise antreten zu müssen. Er packte ihr eine große Menge Nahrungsmittel in den Tiefkühlschrank und stellte ein neues Fernsehgerät vor das Bett. Die junge, gesunde, prächtige Frau, die er ohne Mitleid und ohne die Belastung einer gemeinsamen Vergangenheit zu lieben glaubte, hatte sich in ein kloßiges, stumpf leidendes Ungeheuer verwandelt, dessen Hilflosigkeit ihn zutiefst rührte und anwiderte zugleich. Wie sehr sie ihn auch anflehte, zum Abschied zu ihr unter die Bettdecke zu schlüpfen und sie warmzuhalten, weil sie so fror, und wie sehr er sich auch zu überwinden versuchte, es war ihm nicht möglich. So verließ er sie und tat am nächsten

Tag, indem er seine Sekretärin die Telefonistin des Grand Hotels spielen ließ, als riefe er aus Paris an. Vierzehn Tage lang meldete er sich auf diese Weise. Begann Ida zu jammern, legte er den Hörer auf und tat als wäre er unterbrochen worden. In Wirklichkeit verbrachte er die Tage in seinem Geschäft und bei seiner Familie, die über die plötzliche Anwesenheit des Vaters mehr erstaunt als erfreut war.

Ida indessen brütete sich neue Häute an. Manchmal kam Sonja zu ihr, um die notwendigsten Reinigungsarbeiten in ihrer Wohnung zu erledigen und sie mit dem neuesten Klatsch aus dem Hause aufzuheitern. War Ida alleine, führte sie wimmernde Dialoge mit ihrem Körper. Du hast mich im Stich gelassen, warf sie ihm vor.

Erst als ihr angerissener Darm nicht mehr schmerzte, stellte sich wieder der Appetit bei ihr ein. Sie begann mit sanftester, mild gesalzener Nahrung und trank vor allem Milch mit Sahne, Honig und verrührtem Eigelb. Allmählich kam sie wieder zu Kräften, allmählich nahm ihre Umgebung wieder Wirklichkeit für sie an, und allmählich begann sie auch wieder, sich zu waschen und in den Spiegel zu blicken. In ihren Träumen, die nach wie vor um die ihr angetane Gewalt kreisten, ließ sie sich todesmutig in gewaltige Hände fallen, immer mit dem Traumbewußtsein: du träumst ja nur.

Jeden Morgen, wenn sie aufwachte, öffnete sie die Fenster und ließ die nebelgetränkte Stadtluft einströmen. Jetzt lauerte sie auch wieder auf die Geräusche der Fahrzeuge, und fing an, auf Hoss zu warten, von dem sie längst wußte, daß er in Wirklichkeit gar nicht verreist war. Am Telefon versicherte sie ihn ihrer Liebe und übertrieb die Artigkeit, mit der sie ihre Gesundung betreibe. Ja, sie log sogar, sie habe ihr Bodytraining wieder aufgenommen und ihr altes Eßprogramm, wozu sie tatsächlich aber noch viel zu geschwächt war.

Als sie so weit hergestellt war, daß sie das Haus verlassen konnte, suchte sie den in Sachen Adipositas forschenden Arzt auf. Aber auch bei ihm fand sie nicht die Sprache, ihr Unglück loszuwerden. Statt dessen saugte sie sich an jener imaginären Mutterbrust fest, die ihr, sobald sie ausgestreckt dalag, vor Augen erschien. Sie erschien ihr echt wie aus Fleisch und Blut und entzog sich ihr diesmal nicht. Ganz und gar verschlang sie den großen Mond und die Warze in ihren Mund. Sie saugte und soff Mengen süßlicher dünner Milch, die ihr die Mundwinkel herunterrann und ihr die Kleider benetzte.

Nach jeder Sitzung hatte der Arzt einen Kampf durchzustehen, Ida wieder loszuwerden. War es ihm endlich gelungen, sie aus der Tür herauszuschieben, drängte sie mit aller Macht zurück und quetschte sich durch den Spalt, den er unter Aufwendung all seiner Körperkraft zu schließen versuchte. Dabei redete er beschwörend auf sie ein. Aber was er auch sagte, es blieb ohne Wirkung bei ihr. Einmal sogar fühlte er sich so ohnmächtig, daß ihm die Hand ausrutschte und er ihr einen Schlag ins Gesicht versetzte. Ein Fauxpas, der ihn zu der Erkenntnis brachte, wie mächtig sein Haß gegen jegliche Art von Unersättlichkeit war.

Idas Verlangen wurde ihm von Sitzung zu Sitzung unangenehmer. Dennoch brach er seine Recherchen mit ihr nicht ab. Zwar ließ er sie wissen, daß sie froh sein könne, wenn er überhaupt noch Zeit an sie verschwende, aber diese Drohung war mehr pädagogisch als ernst gemeint. Ja, er erklärte sich sogar bereit, die durch ihre Bettlägerigkeit versäumten Stunden nachzuholen, so daß sie eine Woche lang jeden Tag zu ihm kommen durfte.

Einmal versiegte der Milchfluß aus der imaginären Brust. Ida war verzweifelt. Am Ende der Sitzung brach sie in Tränen aus und konnte nicht mehr aufhören zu weinen. An diesem Tag gelang es dem Arzt nicht, Ida aus seiner Wohnung zu bewegen. Er ließ sie in seinen Privaträumen, bis er den letzten Patienten abgefertigt hatte. Dann widmete er sich ihr wieder und versuchte, endlich Hinweise auf das Rätsel ihres Traumas aus ihr hervorzulocken. Sie schluchzte hemmungslos, und ihr Gesicht war aufgequollen und rot angelaufen wie das eines gerade geborenen Säuglings. Ihr Mund glich einer klaffenden, fleischigen Wunde, und über ihre Augen wölbten sich dick geschwollene Lider. Jedoch kein Wort kam über ihre Lippen.

Das nächste Mal gab sich der Arzt besondere Mühe. Mit suggestiver Stimme kam er auf den Milchfluß zu sprechen. Er versuchte, Idas sinnliche Erinnerung zu wecken, indem er ihr ausmalte, in welche Röhren und Kanäle die Milch fließe, wie sie schmecke und rieche, aber nichts. Stumm wand Ida sich auf der Liege. Ihr war, als habe ihr Körper sie verlassen. Auf die Fragen des Arztes zu ihrer Mutter, zu den Stunden des Alleingelassenseins in früher Kindheit, zu den Bildern verschlossener Türen, zu den Bergen von Kissen, hinter denen die Mutter unzufrieden stöhnte, zu all den Szenen, die ihm selbst bereits im Kopf wirbelten, als wären es seine eigenen Erinnerungen, konnte Ida nichts als schweigen.

Als sie eines Tages unvermittelt auf den Arzt zustürzte und mit Fäusten auf ihn einschlug, so daß er sie gewaltsam festhalten mußte, schwand ihre stupende Sprachlosigkeit, und sie beschimpfte ihn. Sie sah, wie er sich in eine weibliche Person verwandelte, die sich mehr und mehr ausdehnte, bis sie das ganze Zimmer anzufüllen drohte. Ida flüchtete in die äußerste Ecke und duckte sich hinter den Schreibtisch. Der Arzt wuchs und wuchs. Er breitete sich auf atemberaubende Weise in alle Richtungen aus. Jedes Wort, das er von sich gab, hatte nur zur Folge, daß Ida sich noch kleiner machte, die Ohren zuhielt, die Augen schloß und die Lippen zusammenkniff.

Von dieser Sitzung kehrte sie in benommenem Zustand nach Hause. Sie nahm nicht einmal Hoss wahr, der sie in ihrer Wohnung mit einem Turm eßbarer Mitbringsel erwartete. Er hatte sich vor ihrem Anblick gefürchtet und auch vor den Vorwürfen, die er von ihr erwartete. Um so überraschter war er, als Ida weder bohrende Fragen stellte noch Mißtrauen zeigte. Eine wunderbare Schönheit ging von ihr aus. Bei aller Beleibtheit erschien sie zart, und die Haut unter ihren Augen schimmerte blaß, eine Schwäche, die ihn schwach machte. Ihr Haar hing wirr um das Gesicht, ihr Körper wogte, und sie schien sternenweit entfernt. Endlich verspürte er das Verlangen, sich auf sie zu stürzen und das zu tun, was sie das Eigentliche nannte. Sie aber war in Gedanken immer noch bei dem Arzt und der raumausfüllenden Erscheinung, die sie dort gehabt hatte. So ließ sie geistesabwesend geschehen, was sie sich so oft gewünscht hatte. Und auch den Pelzmantel nahm sie nicht wahr, den Hoss ihr mit liebevoller Geste um die Schultern legte. Erst seine innige Fürsorge während der nächsten Tage brachte sie in die Wirklichkeit zurück.

Die Rückkehr zum Arbeitsplatz kam Ida hart an. Der Personalchef hatte während ihrer Abwesenheit den Platz an der Information kurzerhand mit einer anderen Person besetzt und Ida als Verkäuferin in die Kurzwaren abgeschoben. Zur Begründung wurde ihr gesagt, sie habe zu oft gefehlt, und das könne man sich an einem so wichtigen Posten nicht leisten. Als sie das Büro des Personalchefs gerade verließ, hörte sie, wie er noch ein genäseltes »Wir sind doch kein Perversitätenkabinett« hinter ihr herschickte. Die Versetzung, mit der sie nicht im geringsten gerechnet hatte, schmetterte sie nieder. Ein schrecklicher Durchfall und ein plötzliches Gefühl, vom Unglück verfolgt zu sein, befiel sie. Aber es blieb ihr nichts, als sich in die neue Situation, deren einziger Vorteil ein geringer Kundenverkehr war, zu fügen.

Auch für Willi hatte sich einiges verändert. Herren, die der normale Angestellte niemals zu Gesicht bekommt, hatten beschlossen, den hauseigenen Detektivbetrieb aufzulösen und in Zukunft Angestellte einer privaten Detektei mit der inneren Sicherheit des Hauses zu betrauen. Ihre Bezahlung bemaß sich an der Zahl der gestellten Diebe. Willi wurde von der Ostflanke des Hauptportals an einen subalternen Posten in der Abschau versetzt. Ausgerechnet sein alter Konkurrent Egon war sein neuer Vorgesetzter.

Allen Detektiven wurde gekündigt, nicht einmal als Angestellte der hausfremden Detektei durften sie übernommen werden. Denn der Fortschritt der jetzigen Lösung bestand darin, daß immer neue, auch den Angestellten des Hauses unbekannte Personen die Diebesverfolgung übernehmen sollten. Am Hauptportal stand nun täglich ein anderer Wacht. Meist war es ein Ausländer, der mit Sicherheit niemandem weit und breit bekannt war. Eine hektische allgemeine Beobachtung setzte ein, und alle wollten herausfinden, wer unter den harmlos Umherstreifenden ein Angestellter der Detektei wäre.

Die neuen Detektive traten getarnt auf. Sie kamen als biedere oder wohlhabende Hausfrauen, als Punks mit

Irokesenfrisur, als Mütter mit Kindern, als Ausländerinnen mit einem Tuch um den Kopf, als Rentner oder auch als Familien vom Lande. Alle waren sie karategeschult und gingen ungewöhnlich rabiat mit ihren Opfern um. Täglich wurden sie ausgewechselt, und es wurden in diesen Wochen tatsächlich so viele Diebe gefaßt wie nie zuvor. Auch gelang es, die Einschleichwege der stehlenden Kinder ausfindig zu machen, ein Erfolg, der jedoch folgenlos blieb. Denn die Kinder ersannen immer neue Möglichkeiten.

Willis Abstieg brachte ihm seine alten Freunde in den Sinn. Oft kam er zu Ida in die Kurzwaren und schüttete ihr sein Herz aus. Die Erfolgsquoten seiner Nachfolger hatten ein ungünstiges Licht auf seine eigenen Leistungen geworfen, und seine Großmäuligkeit war Ziel allgemeinen Spottes geworden. Wenn er zu Ida kam, erging er sich in Flüchen über seine Kollegen, vor allem über den Personalchef. Ihm nämlich schob er die Schuld für seinen Abstieg zu, und er nannte ihn »ein ausgemachtes Schwein«. Dennoch ertappte Ida Willi eines Abends dabei, wie er in der Tiefgarage, als der Personalchef gerade seinen Wagen bestieg, vor Höflichkeit fast zerschmolzen wäre. Daß sie ihn dafür einen Kriecher nannte, beschämte ihn. Aber er ließ es sich nicht anmerken.

Seine Versetzung erschien ihm wie eine persönliche Niederlage. All die komplizierten Signalsysteme, die er ausgetüftelt hatte, um das Haus ohne Verlust des öffentlichen Ansehens zu schützen, waren mit einemmal zerstört. Wie Elefanten im Porzellanladen tappten die neuen Detektive durch die Abteilungen und schufen Mißtrauen. Bereit, über Leichen zu gehen, wenn sie sich nur ein Kopfgeld mehr verdienen konnten, zogen sie sich in kurzer Zeit den Haß aller Angestellten und vieler Kunden zu.

Willi suchte immer öfter einen Vorwand, Ida zum Essen einzuladen. Jedes Mal hoffte er, sie hinterher in seine Wohnung locken zu können. Aber Ida genoß viel zu sehr die Verkehrung der Verhältnisse, als daß sie nachgegeben hätte. Er versuchte, sich für ihre Sturheit mit Beleidigungen zu rächen, die ihm aber nur schwachbrüstig und unfreiwillig gemäßigt von den Lippen kamen. Dann wieder drängte er sich mit Appellen an die Gemeinsamkeit ihres Abstiegs auf. Sie säßen doch jetzt beide in der Patsche, meinte er. Ida aber sah in der Deklassierung ihres eigenen Arbeitsplatzes nichts als eine Begleiterscheinung ihres eigentlichen Aufstiegs. Ein fast schon gewolltes Opfer.

Während der vielen langweiligen Stunden, in denen sie langweilige Kurzwaren an langweilige Kundinnen verkaufte, hatte sie ihre Konzentrationsübungen wieder aufgenommen, mit denen sie sich Situationen des Erfolgs vergegenwärtigte. Indem sie also Garne, Knöpfe, Petit-Point-Schablonen oder ähnliche Nichtigkeiten auf dem Tresen ausbreitete, um sie zu ordnen, in die Fächer zu stapeln oder den Kundinnen zu zeigen, schritt sie im Geiste als bewunderter Mittelpunkt durch Menschenmengen. Sie war der festen Überzeugung, ihr Ziel immer weiter als das realistisch zu erwartende stecken zu müssen. Auch nutzte sie die Arbeitszeit, ihren Alltag zu organisieren, machte ausführliche Notizen über Besorgungen, die sie tätigen wollte, und legte auf vielen Zetteln ihre Tagesabläufe fest.

Nach ihrem Gewichtsverlust hatte sie noch schneller zugenommen als vorher, und das führte in der Kleiderfrage zu neuen Problemen. Längst war sie aus den Rökken und Blusen, die Hoss ihr geschenkt hatte, herausgewachsen. Vor allem war das Angebot an Dessous unbefriedigend. Nichts als biederes, tristes Zeug, das die Mißachtung widerspiegelte, welche die Gesellschaft den Beleibten entgegenträgt. Als wäre eine Person wie Ida eine Quantité négligeable. Am Ende vieler vergeblicher Erkundigungen fand Hoss den Ausweg, Ida ihre Kleider auf den Leib schneidern zu lassen. Den Preis dafür wagte sie nicht einmal zu flüstern. Die Schneiderin war eine jener griechischen Pelznäherinnen, die für ihr unverdorbenes weibliches Fingerspitzengefühl in allen Branchen der Feinstichkunst bekannt waren. Das Ergebnis sollte ein Traum von Präzision aus Spitze, Seide und Satin werden.

Ein Umstand, der Idas Leben zunehmend beeinträchtigte, war eine von Magenbeschwerden und Übelkeit begleitete Kreislaufschwäche. Kaum hatte sie etwas gegessen

sen, wurde ihr schwindlig, und ein Spiel wirrer, grauer Kreise erschien vor ihren Augen. So eines Abends, als sie vorsichtig das Essen mit einem Fisch begann, den sie tapfer hinunterschluckte, obwohl ihr schon der erste Bissen zuwider gewesen war. Kurz nach dem Einschlafen jedoch stieß der Mageninhalt auch schon wieder aus ihr heraus. Zwischen Traum und Halbschlaf spürte sie ihr Gesicht in warmes Gebröckel gebettet. Erst am Morgen nahm sie den penetranten Geruch wahr, der sich um sie herum ausgebreitet hatte und der trotz schärfster Prozeduren, denen sie Bettdecke, Kopfkissen und Bezüge unterzog, nicht wieder weichen wollte.

Ein traniger Gestank haftete seit jener Nacht ihrem Schlafzimmer an, auch den Vorhängen und dem Teppichboden, die mit dem Erbrochenen gar nicht in Berührung gekommen waren. Noch mehr als Ida nahm Hoss daran Anstoß, denn keiner seiner Sinne war ausgeprägter als sein Geruch. Er bat sie, alle von diesem »Odeur« durchtränkten Gegenstände zu entfernen und auf seine Kosten zu erneuern. Aber auch nach dieser Radikalkur konnte es passieren, daß Ida plötzlich der alte Trangeruch in die Nase stieg. Er war sogar durch die Ritzen des Schranks gedrungen und hatte sich in den Kleidern festgesetzt, in denen er auch nach einer chemischen Reinigung als leichter Anflug haften blieb.

Idas Magenschmerzen hatten sich indes verschlimmert, und an manchen Tagen ging es ihr so schlecht, daß sie zu Hause bleiben mußte. Eines Nachts wachte sie laut schreiend auf. Ihr war, als wüte ein reißendes Tier in ihr. In ihrer Not bat sie den in Sachen Adipositas forschenden Arzt um Hilfe. Sie jammerte über all die schönen Speisen, die vergeudet würden, wenn sie, anstatt ihren Weg in den Darm anzutreten, dahin zurückstießen, wo sie hergekommen seien. Und dies in einer so unappetitlichen Verwandlung, daß es unmöglich wäre, sie ein zweites Mal hinunterzuschlucken. Der Arzt sah in dieser Entwicklung einen Fortschritt. Er deutete sie als eine natürliche Reaktion des Körpers auf die ständige Überforderung seiner Kapazitäten. Und er hoffte, der so entstandene Leidensdruck würde Ida endlich zur Besinnung bringen und die entscheidende Öffnung ihrer Seele bewirken.

Obwohl er von einer rein psychischen Ursache ihrer Magenschmerzen ausging, überwies er sie zu ihrer Beruhigung an einen Spezialisten.

Auf einem langen Flur wartete Ida in Gesellschaft eines dunkelhäutigen Mannes auf Einlaß in den Untersuchungsraum. Sie mußte den Mann immerzu anschauen. Es war, als trüge er Wüstenschimmer in die neonbeleuchteten Räume. Seine Augen verbreiteten einen sanften Glanz. Auch Jesus könnte so ausgesehen haben, dachte sie. Er trug ein schifförmiges Hütchen aus Persianerfell, aber selbst dieses lächerliche Accessoire westlicher Konfektion tat seiner orientalischen Würde keinen Abbruch. Von Zeit zu Zeit legte er den Kopf zurück und zog vor Schmerz seine Augenbrauen hoch. Ida hätte ihn auf der Stelle küssen mögen. Das Innere seiner Oberlippe, das rosig unter einem schwarzen Bart hervorglänzte, würde sie nie vergessen, dachte sie. Lachend lud er Ida ein, mit ihm nach Arabien zu kommen. You are beautiful, sagte er. Bevor er hinter einer Tür verschwand, gab er Ida mit tiefer Verbeugung einen Handkuß.

So weich hatte er seine Lippen auf Idas Hand gedrückt, daß ihr brühheiß wurde und eine morgenländische Bildfolge sie aus der Gegenwart zog. Auf Kamelen sah sie sich, verschleiert und glitzernd behängt, in engen Gassen schreitend, hingeflossen zwischen Kuchenbergen auf einem Divan, umgeben von geheimnisvollen Teppichvorhängen und von schwersüßen Düften.

Da wurde ein Bett durch die Tür geschoben, in dem der Mann lag. So nachlässig rollten die Schwestern das Bett um die Ecke, daß es immer wieder anstieß und die Erschütterungen über die geschlossenen Lider des Mannes ein empfindliches Zucken huschen ließen. Er lag in den weißen Kissen, als hätte man ihn aus dem Wüstensand gegraben und in Schnee gebettet. Er müsse sofort operiert werden, sagte die Schwester.

Während Ida kurz darauf ein Gestell in den Mund geschoben bekam, das sie daran hinderte, die Kiefer zu schließen, und durch das ein fingerdicker Schlauch in ihren Magen geschoben wurde, mußte sie immerzu an den schönen Leidenden denken. Sie würgte und fühlte dicke Speichelflüsse aus ihrem linken Mundwinkel tropfen. Mit einem klistierähnlichen Bällchen wurde ihr Magen aufgepumpt, eine Tortur, die unter peinlichen Geräuschen vor sich ging. Immer wieder zog der Arzt den Schlauch ein Stück hervor, nur um ihn noch weiter in den Magen zurückzustoßen. Dabei hatte er sein Gesäß gegen Idas Hand gepreßt, die den Liegenrand umklammert hielt.

Sie sah medizinische Apparate um sich und weißgekleidete Schwestern. Sie sah das prüfende, ernste Gesicht des Arztes, der ihr jetzt seine Vorderseite zukehrte und sein Geschlecht gegen ihre Hand preßte. Sie sah die sanften Finger der Schwester, die ihr den Arm festhielten, und sie spürte Hände um ihren Kopf. Sie fragte sich, ob dies alles wirklich wäre, und dachte, ich träume ja nur, vielleicht bin ich ja schon gestorben.

Wie auf einem rasenden Schlitten glitt sie aus dem Bewußtsein, aus der Kälte des Untersuchungsraums, in eine warme Wüstenlandschaft. Sie fand sich umschlungen mit dem Mann. Sein Leib hatte sich geöffnet wie eine aufgebrochene Erdkruste. Er hatte sich so weit geöffnet, daß er Idas ganzen Körper in sich aufnahm. Der Schlauch verwandelte sich in eine von innen nach außen wachsende Nabelschnur, die in wunderbaren Windungen aus Idas Mund in einen klaren orientalischen Himmel wuchs. Der Mann hatte seine Wange an ihre Wange geschmiegt und blickte verklärt nach oben. Idas Arme und Beine waren mit seinen Armen und Beinen ebenso verschlungen wie die Nabelschnur in sich selbst. So wippten sie zwischen Himmel und Erde, bis sie in einem verschneiten Gebirge landeten, und Ida mit dem Blick auf das weiße Tuch erwachte, das man ihr zum Auffangen des Speichels unters Gesicht gelegt hatte.

Hoss überhäufte Ida mit Luxus, aber nicht immer war sie glücklich darüber. Denn sie wurde den Verdacht nicht los, daß all seine Geschenke nur Entschuldigungen für das immer noch ausstehende »Eigentliche« wären. Hoss' sexuelle Anforderungen verlangten immer mehr schauspielerische Geschicklichkeit. So lagen sie beide auf Idas baldachinüberspanntem Bett, sie ans Kopfende gelehnt, er den Kopf zwischen ihren Brüsten. Eine Beethovensymphonie begleitete die Inszenierung. Nach und nach rutschte Hoss tiefer auf Idas Leib, bis er mit dem Gesicht bei ihren Füßen angelangt war. Es dauerte sehr lange, bis er diesen Weg zurückgelegt hatte. Sah Ida sein Gesicht klein hinter ihren Knien hervorlugen, war der Augenblick gekommen, wo sie ihm zuwinken mußte.

Überhaupt erotisierten ihn Abschiede. Manchmal durfte Ida ihn anstelle seiner Ehefrau zum Flughafen begleiten. Dabei hatte sie ein Spiel von Verzögerungen in Szene zu setzen und ihm auszumalen, wie es wäre, wenn sie sich nie wieder sähen. Kurz bevor er die Paßkontrolle in der letztmöglichen Minute passierte, drängte er Ida in eine Ecke zwischen Gepäckbergen und Kisten, um mit ihr in aller Eile das zu tun, wozu er sonst nicht fähig war. Diese halbglücklichen Augenblicke ließen Ida hoffen.

War Hoss in Idas Bett an dessen unterem Pfosten angelangt, noch ein Stück weit hinter Idas Füßen, mußte sie so tun, als hätte er sich in Luft aufgelöst. In dieser Phase des Spiels war die Symphonie meist schon zu Ende. Es reizte Hoss besonders, wenn Ida nun gleichgültig vor sich hin summte, wenn sie telefonierte, in Illustrierten blätterte, Pralinen aß, den Fernseher anschaltete, kurzum alles tat, ihm zu bedeuten, daß es ihn nicht mehr gäbe. Je perfekter ihr die Ignorierung seiner Person gelang, desto glücklicher machte sie ihn.

Dabei mußte sie ausgestreckt liegenbleiben und darauf achten, daß zwischen den Falten ihres Négligées ihr Geschlecht hindurchschimmerte. Spürte sie Hoss' Lippen an ihren Füßen, mußte sie zutreten. Er wollte es so, aber sie mußte so tun, als wäre sie es, die es so wollte. Dann mußte sie seufzen und Sätze wie »nichts als ein Sandkorn in der Wüste, nichts als eine Flocke im Schnee« sagen. Je monströser Ida wurde, je verschwindender Hoss im Verhältnis zu ihr, desto glücklicher war er.

Am liebsten hatte er es, wenn sie während solcher Szenen schmatzte. Auch gefiel es ihm, wenn sie tat, als telefoniere sie mit anderen Liebhabern und teile ihnen Einzelheiten deftiger sexueller Fantasien mit. War das Spiel gelungen, konnte sie bei dem dritten Fußtritt in sein Gesicht den Erfolg an einem Seufzer hören.

Ließ ihn aber auch diese Inszenierung unbefriedigt, und blickte Ida, wenn sie ihn ansah, immer noch in verzweifelt erwartungsvolle Kinderaugen, mußte sie zum nächsten Versuch übergehen. Das hieß, sie verließ das Bett, begab sich vor den Toilettentisch und entkleidete sich so langsam wie möglich. Währenddessen saß Hoss auf dem Boden im Schatten der mächtigen gedrechselten Säule des historischen Betts. Er sah aus wie halbverhungert und schaukelte hin und her, als wäre er von Sinnen. Ida mußte sich hüten, zu ihm hinüberzusehen. Denn hätte sie ihm in die Augen geblickt, wäre es ihr nicht mehr gelungen, ernst zu bleiben, und sie wäre in schallendes Gelächter ausgebrochen. Wenn ihr das passierte, war Hoss so verletzt und enttäuscht, daß der Rest des Abends verloren war.

Vor dem Spiegel mußte sie so tun, als wäre sie allein im Zimmer, in einer Situation also, die keinen Anlaß zu Scham gibt. Sie mußte Verrenkungen machen, die man normalerweise nicht in Gegenwart eines anderen Menschen wagt. Sie mußte die gedrechselte Säule liebkosen, als wäre sie eine geliebte Person. Es hatte sie einige Überwindung gekostet, diese Rollen unbefangen zu spielen, aber mit der Zeit hatte sie es gelernt. Denn auch in diesen Dingen forderte sie Disziplin von sich und verfuhr nach dem Prinzip »Von nichts kommt nichts«.

Immer noch hoffte sie, daß eines Tages das, was sie das Eigentliche nannte, zum normalen Bestandteil ihres Liebeslebens mit Hoss werden würde. Dafür war sie einiges in Kauf zu nehmen bereit. Sein wachsendes Vertrauen zu ihr, dachte sie, würde ihn irgendwann so werden lassen, wie sie ihn sich wünschte. Manchmal allerdings wäre ihr ein Mann zum Aufschauen lieber gewesen. Es minderte ihre Erregtheit, wenn sie ihn so darnieder sah, und nur die Gesamtbilanz ihrer Beziehung hielt ihre Liebe zu ihm aufrecht.

An den Wochenenden besuchte Hoss mit Ida die großen Städte Europas. Ida sollte in die Geheimnisse der lukullischen Kultur eingewiesen werden. Zuerst ging es nach Paris, wo sie im Tour d'Argent gleich sieben jener frisch geschlachteten Enten aß, zu denen eine Sauce aus Blut gereicht wird. In einem anderen Restaurant nahm sie das gleiche Menü zu sich, wie es am 23. Dezember 1870, dem neunundneunzigsten Tag der Belagerung der Stadt durch die Deutschen, serviert worden war. Mangels des üblichen aus dem Umland gelieferten Frischfleisches hatte man damals die Tiere des Pariser Zoos geschlachtet und nach Rezepten der Haute Cuisine zubereitet. So kam Ida in den Genuß eines gefüllten Eselskopfes, dem eine Elefantenkraftbrühe, gebackene Gründlinge, Kamelbraten und Känguruhklein folgten. Die Krönung des Menüs bildeten eine riesige gebratene Bärenrippe in Pfeffersauce, eine Antilopenterrine mit Trüffeln und eine Katze mit Rattenbeilage.

In Rom tischte man ihr das Unheimlichste auf, was sie jemals genossen hatte. Es war jene »Sirene al Malaparte«, die wie ein gekochtes Mädchen aussah, und deren Augen offen standen und verwundert auf die mit alten Fresken bemalte Decke des Restaurants gerichtet waren. Sie wurde mit Korallenzweigen und Mayonnaisetupfern garniert gereicht. Ihre Arme waren kurz und hatten die breite Form in einer Art fingerloser Hände auslaufender Flossen. Ein Büschel Borsten sproß ihr oben auf dem Kopf, sie sahen aus wie Haare, die spärlich zu Seiten des kleinen Gesichts herabflossen. Die langen, schmalen Flanken endeten, genau wie Ovid es beschreibt, »in piscem«, in einem Fischschwanz. Ida schauderte, als sie die vom Kochen aufgeplatzte Haut mit der Gabelspitze berührte, und bevor sie das weiße, butterzarte Fleisch zu Munde führte, mußte Hoss ihr hoch und heilig versprechen, daß die Sirene auch wirklich kein Mädchen wäre.

In einem Londoner Restaurant lagen die Gäste in mit warmem Wasser gefüllten Wannen und wurden von langhaarigen Knaben und Mädchen bedient. Das Lokal befand sich unter einer gläsernen Kuppel, über die fortwährend Wasser floß. Hier gab es nur flüssige Speisen. Das Angebot umfaßte neben den köstlichsten Weinen und Champagnersorten eine reiche Auswahl an Suppen, kompliziert zubereitete und sensibel abgeschmeckte Saucen, raffinierte Mixturen aus den Säften exotischer Früchte wie auch alle Arten von Milch. Zum Beispiel gab es melkfrische Milch von arabischen Vollblutstuten, der man einmalige aphrodisische Kräfte nachsagte. Am kostspieligsten war es, wenn man sich echte deutsche Muttermilch servieren lassen wollte. Sie wurde in blaugläsernen bauchigen Flaschen mit Schnullern gereicht, denen nur unter großer Anstrengung ein Strahl abzuringen war. Noch teurer jedoch wurde eine Delikatesse gehandelt, die der Chef de Cuisine aus Südamerika kommen ließ, und die es nur in winzigen Mengen gab. Es war echtes Tränenwasser, geweint von Bauern aus dem bolivianischen Hochland. Es wurde in zierlichen, mit schimmernder Patina überzogenen römischen Phiolen angeboten und galt in den Kreisen, die es sich leisten konnten, als extravaganter Aperitif. Ida aber brachte es trotz aller Überredungsversuche Hoss' nicht über sich, auch nur einen Tropfen davon zu kosten.

Sie lernte guten von schlechtem Wein zu unterscheiden und den Gerichten die Zutaten anzuschmecken. Sie vervollkommnete ihre Fähigkeit, die Speiseabfolgen so zu komponieren, daß sie bei größtmöglichem Genuß größtmögliche Mengen zu sich nehmen konnte. Sie gewöhnte sich an, auf warme, sanfte und sahnige Gänge etwas Kaltes, Hartes, die Zunge Erschreckendes folgen zu lassen. Auf diese Weise gelang es ihr, beständiges Verlangen in sich wachzuhalten.

Die Küchenchefs waren beeindruckt von ihrem hoch ausgebildeten Geschmack und ließen es sich meist nicht nehmen, ihr zum Abschied Cognacs aus den ältesten Jahrgängen zu kredenzen. Einmal sogar wurde ihr ein Tropfen serviert, der so alt war wie die Französische Revolution. Er sollte ihr allerdings so schwer im Magen liegen, daß sie die Nacht kniend vor der Toilettenschüssel verbrachte, weil sie sich in einem fort übergeben mußte.

Während Idas Appetit mit der Zeit immer größer wurde, nahm der ihres Wohltäters immer mehr ab. Hoss aß fast nichts mehr und verlor in erschreckendem Maß an Gewicht. In den Restaurants, in die er Ida führte, begnügte er sich meist damit, ihr beim Essen zuzusehen. Er weidete sich an dem Anblick der zügigen und energischen Bewegungen, mit denen sie jede Form von Nahrung zu sich nahm.

Es war in Wien, wo Ida ihre eigenen Rekorde im Kuchenessen schlug. Inmitten von Spiegeln, die Beine unter ein zierliches Marmortischchen gezwängt, verspeiste sie im Laufe einiger Stunden siebenunddreißig Tortenstücke. Danach regenerierte sie die Zunge mit einer sauren Gurke und einem Stück Rinderfilet, nur um sich von neuem über den Kuchen herzumachen. Die so konzentriert eingenommene Zuckermenge versetzte sie in einen sinnverwirrenden Rausch. Die Füllhörner im Stuck der verschnörkelten Decke begannen zu schwänzeln. Blickte Ida aus dem Schaufenster, so sah sie zwei Löwen, die an einem König in Käfergestalt hochsprangen. Die Spiegel warfen ihr ein verschwimmendes Bild von sich selbst zurück, und sie klemmte, auf Halt hoffend, die Beine um den eisernen Tischsockel.

Sie wunderte sich noch über das Wort »Fischmeister«, das auf der anderen Straßenseite zwischen silbernen Gegenständen prangte, als sie von einem Schwindel befallen wurde. Alles geriet ihr ins Flimmern, und auf der Toilette fiel sie in Ohnmacht. Aber da das Kabinett so eng war, sank sie mit der Stirn gegen das Waschbecken und wurde von dem Stoß des Aufkommens gleich wieder geweckt. Dafür stieß sie auf dem Weg zum Tisch zurück an eine Pralinenpyramide und verursachte einen schokoladenen Bergrutsch, der zur Folge hatte, daß der ganze Boden mit kostbaren Pralinen übersät wurde.

Hoss war dieses Malheur peinlich, und er geriet in Versuchung, seine Zugehörigkeit zu Ida zu verleugnen. Mit unbewegter Miene regelte er den Schaden, während sie, beladen mit dem ramponierten Pralinengut, auf einen verzeihenden Blick von ihm hoffte. Er aber tat, als kenne er sie kaum, räumte mit knappen, geschäftlichen Bewegungen das Feld und schob Ida ungehalten vor sich her.

Er könne eben aus der Haut seiner gesellschaftlichen Usancen nicht heraus, sagte er. Ida aber fühlte sich so elend, so kindisch, so beschämt, und ihr wurde so übel, daß sie die ganze schöne Kuchenmasse wieder von sich gab.

Im allgemeinen jedoch verliefen ihre Reisen mit Hoss ungetrübt, und sie kehrte voller Energie in die Tretmühle des Alltags zurück. Bald hatte sie sich daran gewöhnt, von Wochenende zu Wochenende zu leben. Sie vernachlässigte ihre ausgetüftelten Tagespläne, vergaß die Besuche bei dem in Sachen Adipositas forschenden Arzt und sogar die Vorbereitung der schluckfertigen Nahrung für die Arbeitszeit. Der allwöchentliche Paradieszustand überstrahlte auch die weniger erfreulichen Aspekte ihres Daseins. Sie glitt auf der Schokoladenseite des Lebens in einen seligen, die Sinne bündelnden Zustand. Wie auf Wolken erledigte sie den Kurzwarenverkauf, wie durch Zeit und Raum schwebend. Kam Willi zu ihr herunter, traf er sie in geistesabwesender Verfassung an, unfähig, seine Klagen und Pläne in ihr Bewußtsein aufzunehmen. Ihren merkwürdig transparenten Blick schrieb er ihrer Verliebtheit zu. Und wieder einmal beschloß er, sich endgültig von ihr zu trennen, weil er keine Frau lieben wollte, die einen anderen bevorzugte.

In Hoss' weltmännischer Begleitung flanierte Ida über die berühmten Boulevards der europäischen Metropolen, angefüllt mit dem Besten. Eine prachtvolle Erscheinung, die, wo sie auch hinkam, Aufsehen erregte. Spätestens freitagabends fand sie sich an Hoss' weiche Anzugschulter geschmiegt in einem Flugzeug oder in seinem Wagen. Für die Flüge mußten ihr immer zwei Sitze reserviert werden, da der Umfang ihrer Hüften den Raum eines einzigen Platzes längst überwachsen hatte. Bei der Landung war Ida meist schon berauscht von der ersten Flasche Champagner. Sie liebte es, während des Fluges zu speisen. Hoss sorgte dafür, daß ihr auch hier schon das Beste vom Besten aufgetragen wurde. Zum Beispiel Rehfilet auf Canapée aus Toast und Wildpastete, überzogen mit Wacholdergelée und garniert mit geschlagener Zitronensahne. Dies war nur eines der vielen Flugmenüs, mit denen Ida zur Verwunderung der anderen Fluggäste verwöhnt wurde.

Die luxuriösen Hotelzimmer, in denen sie nächtigten, übertrafen alle Vorstellungen Idas von Komfort. Wie ein Kind konnte sie sich über technische Spielereien freuen. Immer wieder probierte sie die verschiedenen Vibrationsgänge der Betten aus und ließ sich langsam und sanft oder heftig und ungestüm rütteln. Wenn Hoss dabei auf ihr lag und sich anstrengte, von der wogenden Masse ihres Leibes nicht rechts oder links heruntergeschüttelt zu werden, konnte sie lachen wie ein übermütiges Kind. Stundenlang wälzte sie sich in Badewannen und ließ sich von eingebauten Unterwassermassagegeräten die Muskeln durchwalken. Auch liebte sie es, sich dabei mit militärischen oder psychologischen Videospielen zu vergnügen.

Immer wieder amüsierten sie die Antworten der Videopsychologen, deren häufigster Vorwurf in der Phrase »Don't be so negative, Ida« gipfelte. An den in keiner Luxussuite fehlenden Fahrrädern trainierte sie ihren Körper. Sie radelte in fantastische Landschaften, die sie mit einem Knopfdruck auf das angekoppelte Videogerät zaubern konnte. Auf diese Weise ermöglichte sie sich den Spaß, in Paris eine Radtour durch die Antarktis und in Wien eine durch Mexiko zu erleben. Besonderes Vergnügen bereiteten ihr Radrennen. In einem römischen Hotel spielte sie Cowgirl und trieb in der untergehenden Sonne des wilden Westens eine ganze Rinderherde vor sich her. War der Trainingsraum besonders gut ausgestattet, entströmten den Feldern, über die sie jagte, frischer Heugeruch.

Bei all diesen Amüsements ahnte Ida nicht, daß Hoss im Begriff war, sich finanziell zu ruinieren. Sie wußte nicht, wie schlecht es um seine Geschäfte stand und daß ihm die gemeinsamen Reisen vor allem dazu dienten, die bedrohliche Wirklichkeit zu verdrängen. Seine Familie bekam ihn nur noch selten zu Gesicht, und seine Frau hatte begonnen, hinter ihm her zu spionieren.

Anstatt sich um seinen Pelzhandel zu kümmern, trieb er sich mit Ida in Hotels und in Schlemmerlokalen herum. Truthähne, Fasane und ganze Hammel wurden für sie aufgetragen. Sie dinierten italienisch, französisch, spanisch, englisch, japanisch und mit Vorliebe österreichisch. Ida ließ sich von Hoss in den Sitten des Wohllebens unterweisen. Er brachte ihr bei, erst nach Befriedigung aller Liebesgelüste sich denen der Zunge hinzugeben. Er nannte sie eine »femme de luxe« und redete ihr ein, sie sei geboren, um verwöhnt zu werden.

Eines Tages, es war in einem Hotel am Canal Grande in Venedig, fühlte sie sich angesichts der bombastischen schwarzen Möbel und der hohen feierlichen Bögen der Zimmerdecke in eine seltsame Stimmung versetzt. Die Lamellenläden vor den Fenstern gaben das Morgenlicht mit ornamentenen Unterbrechungen frei. Idas Leib war von Streifen aus Sonne und Schatten gezeichnet. Sie lag auf einem riesigen Bett zwischen zerwühlten weißen Laken. Hoss blickte ihr schweigend ins Gesicht, so als suche er etwas darin. Der ganze Raum flackerte in Licht und Schatten, kein Luftzug ging. Ein stickiger, bitterer Geruch hatte sich ausgebreitet, und plötzlich kam es Ida vor, als hätte sie diesen Moment schon einmal erlebt. Sie fühlte sich wie in ein fernes Erinnerungsreich versetzt. Noch nie hatte sie Hoss so blaß gesehen, und als sie die Augen schloß, war ihr, als ginge der bittere Geruch von ihm aus.

Sie spürte, wie sich ihr Körper schichtweise in sich selbst verschob, als hätte man ihn auseinandergesägt und würde die einzelnen Teile in richtiger Reihenfolge zwar, aber um Millimeter versetzt, wieder auftürmen. Diffuse Angst überkam sie, eine schlingernde Orientierungslosigkeit, und sie griff nach Hoss' Hand. Er ließ es geschehen. Sie krallte die Fingernägel in seine Arme, sie klammerte sich mit dem ganzen Körper an ihn und bat ihn, sie zu umarmen und festzuhalten. Er aber blickte nur unverwandt suchend in ihr Gesicht. Sie flehte ihn an, sie schlug ihn, sie schrie und tobte, denn sie hatte das Gefühl, ihr Körper würde auseinanderfallen. Hoss jedoch lag da wie ein verletztes Tier, die kraftlosen Flanken preisgegeben an den Jäger, hilflos und geistesabwesend lächelnd.

Später durchstreiften sie die berühmten Plätze und Gassen der Stadt und unterzogen sich dem Programm einer touristischen Gondelfahrt. Sie besichtigten eine Glasfabrik, und Hoss erstand Ida nach alter Gewohnheit ein kostbares Geschenk, einen Kronleuchter aus venezianischem Glas. Aber es gelang ihr nicht, sich darüber zu freuen. Der Geruch des Wasser ekelte sie, und auch das Kleid, die Schuhe und der Umhang aus prächtig bemalter Seide, die er ihr kaufte, vermochten nicht, ihre Stimmung wieder ins Lot zu bringen.

In der folgenden Woche hatte Ida Mühe, sich während der Arbeit aufrecht zu halten. Die Knöpfe, Garnrollen und Scheren verwirrten sich unter ihren Augen und schienen in wildes Hüpfen zu geraten. Mittwoch nachmittag passierte es, daß ihr schwindlig wurde und sie in dem schmalen Gang zwischen Tresen und Schubladen zu Boden fiel.

Seit diesem Tag war Hoss verschwunden. Weder seine Frau, die Willi auf Idas Bitte hin anrief und ausfragte, noch seine Sekretärin wußten, wo er sich aufhielt. Spätestens Freitagabend, als er immer noch kein Zeichen von sich gegeben hatte, mußte Ida einsehen, daß die für dieses Wochenende geplante Reise nach Budapest nicht stattfinden würde. Ratlos füllte sie die unerwartet freie Zeit mit Körperübungen, Wohnungsputz und Einkäufen aus. Als sie das Bett frisch bezog und die Plumeaus ausschüttelte, fuhr ihr der alte Trangeruch wieder in die Nase.

Ununterbrochen mußte sie an Hoss denken. Nach der Arbeit zog es sie wie ein Sog durch die Straßen der Stadt, immer auf der Suche nach ihm. Jeder Jaguar, der dem seinen ähnlich sah, ließ ihre Hoffnung in die Höhe schnellen. Jede neue Enttäuschung ließ ihre Sehnsucht ins Unerträgliche wachsen. Es konnte passieren, daß sie mitten in der lichten Sonne von einer düsteren Trauer gepackt wurde, die sich ihr als bleiernes Gewicht in den Leib senkte. In solchen Momenten trat ihr der Schweiß auf die Stirn, und sie mußte tief Luft holen. Der Boden unter ihren Füßen schwankte, die Häuser und Fahrzeuge verschoben sich ineinander, sie stolperte und knickte in den Fesseln ein. Der Verlust ihres Geliebten hatte sich als körperlicher Schmerz in ihr niedergelassen.

In diesen Tagen wollte ihr nichts mehr gelingen. Das Pech verfolgte sie bis zu dem Schicksalsschlag, daß Kokille auf ihre weitere Mitarbeit verzichtete. Es wurde ihr zu verstehen gegeben, sie habe die Maße des Zumutbaren überschritten und sei nicht einmal mehr für Grotesken und Clownerien zu gebrauchen. Die Dame ist ja doppelt so fett wie das letzte Mal, hatte in einer erregten Auseinandersetzung der Choreograph geschrien, als sie zu den Proben erschienen war, nach wie vor unterstützt von der Werbung, die die Meinung vertrat, je extremer, desto besser. Aber zuletzt hatte sich der Choreograph mit seinem Plädoyer für eine Ästhetik des Gleichgewichts durchgesetzt.

So gedemütigt trug sie ihr Schwergewicht nach Hause und vergrub sich in die tröstende Höhle ihres Betts. Als hätte sich die Erdanziehung verdreifacht, sackte sie in die Tiefe. Ein Sog unter die Matratze, den Boden, die Erdoberfläche ließ sie zu Blei werden. Nur mit äußerster Anstrengung gelang es ihr, sich morgens aus den Abgründen zu wühlen und aufzustehen, um zur Arbeit zu gehen. Sie fluchte auf Hoss, weil er ihr in dieser Situation nicht zur Seite stand, und ihre melancholische Sehnsucht begann sich in Zorn zu verwandeln. In einem Anfall von Trotz schüttete sie alle Parfüms, die er ihr geschenkt hatte, in den Ausguß. Sogar die große Flasche Shalimar, die so sündhaft teuer gewesen war.

Dann suchte sie Willi auf, den sie schon längere Zeit nicht mehr gesehen hatte. In der Mittagspause ging sie zu ihm in die Abschau. Als er nach dem Grund dieser Ehre fragte, zuckte sie wortlos mit den Schultern. Natürlich sah er ihr ihren Jammer sofort an. Und da er, weil auch ihn ein weiteres Malheur getroffen hatte, weich gestimmt war, überwand er seine Schadenfreude und ließ sich auf eine Verabredung zum Abendessen ein. In einem Rationalisierungszug hatte man auch seine neue Stelle gestrichen, so daß er nun die Wahl hatte, als einfacher Verkäufer oder als Fahrer zu arbeiten. Beides aber empfand er als ganz und gar unter seiner Würde.

Abends trafen sie sich in einem Restaurant. Willi bestand darauf, an einem der verstecktesten Tische Platz zu nehmen. Er schämte sich, nicht nur Idas, sondern auch seines eigenen Unglücks wegen. In dem Gefühl, daß ja nun doch alles egal sei, ließen sie auf eine hemmungslose Fresserei ein wüstes Besäufnis folgen, währenddessen sie sich in verwegene Zukunftsvisionen steigerten.

Willi sah seine Umgebung als ein Verschwörungssystem kosmischen Ausmaßes, in dem es gelte, mit raffiniertesten Mitteln den Drahtziehern, Mafiosi, Gurus und sonstigen geheimnisvollen Führern auf die Spur zu kommen. Seine Welt war zum Objekt eines internationalen Detektivunternehmens zusammengeschmolzen, das seinen Namen trug. Lauschattacken und Sichtangriffe, Verfolgungsjagden, Aufklärungsflüge und sensationelle Entdeckungen auf dem Gebiet der Kriminaltechnologie machten ihn zum Helden. Er sah sich als letzte Hoffnung betrogener Ehemänner, geprellter Wirtschaftsbosse, erpreßter Politiker, bedrohter Staaten. Sein Haus war eine unterirdische Festung, nur Eingeweihten zugänglich. Es war ausgestattet mit Kampfsporträumen, Schießübungsplätzen, Nahrungsmittellagern, Swimmingpools und Videosälen. Eine Truppe topausgebildeter und hochdotierter Detektive stand unter seinem Kommando.

Ida indessen sonnte sich als Königin der Mode, als Filmdiva, als Politikermuse und allseits begehrter Gast auf dem internationalen Partyparkett. Als Prominenz schlechthin, die sowohl in die berühmten Königshäuser wie auch auf die Luxusjachten millionenschwerer Reeder geladen würde.

So zogen sie durch die Lokale, in den monomanen Kanon ihrer Fantasien versunken. Bald torkelten sie mehr als daß sie gingen, in amorphen Vokalklumpen ihre Zukunft beschwörend. Und da sie kein Taxichauffeur aufnehmen wollte, kamen sie erst am frühen Morgen in Idas Wohnung an. Das morgendliche Vogelgezwitscher hatte schon eingesetzt, und über den Häusern war die Sonne aufgegangen. Ida fühlte sich an ihre Kinderzeit erinnert und wurde sentimental. Als sie ins Bett fiel und Willis Bauch umfaßte, dachte sie, es wäre Hoss' Bauch und brach vor Wiedersehensglück in Tränen aus.

Am nächsten Mittag ging es ihnen schlecht und sie trösteten sich mit altgewohnten Zärtlichkeiten. Von vielen Kopfschmerztabletten versöhnlich geworden, erinnerte sich Willi an die vergangenen alten Zeiten. Wie es unter Idas Bettdecke und in ihrem Bad roch. Wie sie ihre Kleider hinwarf, so achtlos und durcheinander auf den Boden. Wie sie sich das Plumeau über den Kopf zog, daß nur noch ein Haarbüschel daraus hervorlugte. Wie sie nach dem Aufwachen so langsam und umständlich war und feuchte Hitze ausströmte und wie ihre Achselhöhlen dufteten.

Als Ida in den Spiegel blickte, sah sie in ein vom Weinen geschwollenes Gesicht. Die Lider wölbten sich wie Neonwülste über ihre Augen, und sie war froh, daß nicht Hoss, sondern Willi bei ihr war. Vor ihm brauchte sie sich wenigstens nicht zu schämen. Jetzt, wo ihr längst gleichgültig war, ob sie ihm gefiel oder nicht.

Sie verbrachten das Wochenende im Bett. Träge schlugen sie die Zeit tot, fernsehend, in Illustrierten blätternd, Wein trinkend, essend und von der Zukunft faselnd. Montags ging es Ida wieder besser, und sie beschloß, Geld aufzutreiben. Sie überlegte nicht lange und machte sich mit dem Pelzmantel, den Hoss ihr geschenkt hatte, zu einem Leihhaus auf. Entschlossen nahm sie Abschied von dem geliebten Stück und schob es unter einem verglasten Tresen in eine müllschluckerähnliche Öffnung. Als sie den Pfandschein und das Geld in ihrer Hand hielt, kam sie sich vor wie eine Verräterin. Die in Vitrinen ausgestellten Schmuckstücke erschienen ihr wie Symbole persönlicher Katastrophen. Sie schämte sich, und plötzlich fiel ihr der Geruch von Desinfektionsmittel und Naphtalin auf. Sie hatte das Gefühl, abzurutschen, und war froh, als sie die schwere Stahltüre hinter sich geschlossen hatte, die den Leihhausraum von einem langen Flur trennte.

Jäher Heißhunger auf zerlaufenen Münsterkäse ließ ihr das Wasser im Mund zusammenlaufen. Sie kaufte sich ein großes Stück davon und machte sich noch auf der Straße darüber her. Gierig verschlang sie die butterweich zwischen hellorangenen Rinden hervorquellende Masse. Jeder Bissen vergrößerte die Zuversicht in ihr, daß alles wieder gut werden würde.

Sie stellte sich vor, Hoss wäre zurückgekommen und folgte ihr. Sie streckte sich und spannte ihre Muskeln, so wie er es gerne hatte. Sie meinte sogar, seine Stimme zu hören. Das tiefe, tiefe Tal deiner Wirbelsäule, hörte sie ihn sagen, und das sanfte Kissen meiner Träume.

Wie ein Schiff wogte sie mit hohen Hüften vor ihm her. Sie stellte sich vor, wie es wäre, wenn sie sich über eine ganze Straße ausbreiten könnte. Über Nacht würde ich über die Leute kommen, dachte sie, und mein Fleisch wie eine Zunge über die Stadt legen. Sie würde alles bedekken, und niemand könnte ihr entweichen. Und sie dachte an diesen dickbäuchigen Buddha am Eingang des chinesischen Restaurants, dessen Leib einer Weltkugel glich und weit hinaus wies über die normal begrenzte Form des Menschenkörpers. Weit hinaus in das All, in das Unbekannte, in die Mama des Menschengeschlechts.

Wilder denn je entwickelten sich die heimlichen Zellen, und niemandem gelang es, die Gesetze ihres Wucherns zu enträtseln. Der Personalchef tappte mit seinen Kombinationen im dunkeln. Täglich überraschten ihn neue Intrigen, Kolportagen und offene Kämpfe. Eine umfassende Säuberung, einhergehend mit radikalen Rationalisierungsschüben, Kündigungen, Versetzungen in andere Filialen und ein gründliches Durcheinanderwirbeln der im Hause Verbliebenen änderte nichts an dem zunehmenden Brodeln unter der Oberfläche. Sonja war zum Restestand in den Fleischwaren versetzt worden. Die Irmissa hatte es in die Damenwäsche verschlagen, was sie als tiefe Demütigung empfand. Auf ihre Art nahm sie Rache, indem sie Kundinnen unter der Hand teuere Wäschestücke zusteckte.

Auch Ida hatte unter der allgemein schlechten Stimmung zu leiden. Gerade ihre Isoliertheit außerhalb des Zellengeflechts erzeugte Verdacht, und es ging das Gerücht, sie wolle sich auf diese Weise nur tarnen. Die Kolleginnen warfen ihr vor, sie verberge hinter einer Mein-Name-ist-Hase-Haltung nur ein um so raffinierteres Komplottsystem. Der Personalchef bestellte sie zu einem Gespräch in sein Büro, nur um Dinge aus ihr herauszuquetschen, die gar nicht in ihr waren. Es galt, jene Kraft ausfindig zu machen, die den Hauptnerv des Betriebsfriedens so empfindlich getroffen hatte. Irgendein Grüppchen, das überall hin seinen giftigen Geist zu spritzen verstand. Wie eine Seuche hatte sich das gegenseitige Verdächtigen und Beschuldigen ausgebreitet.

Erwartungsgemäß hatte in dieser Situation Egon seinen Blick auf Ida verschärft. Sie vermutete, der Personalchef habe ihn gegen sie aufgewiegelt. So konnte sie, wenn sie sich ausruhen wollte, nur noch selten niederknien und so tun, als suche sie etwas in den unteren Schubfächern. Auch mit dem Essen mußte sie wieder vorsichtig werden. Die Ahnung, daß ihr Wille nicht allmächtig sei, begann an ihrem Optimismus zu nagen. Es beunruhigte sie, daß da Mächte am Werk sein könnten, deren Gesetze die

Dinge unter der Hand verflüssigen und zwischen den Fingern hindurchrinnen lassen könnten.

Aus Gründen, die bisher selbst dem Management unerfindlich geblieben waren, hatte sich ein Umsatzsturz ohnegleichen ereignet. Ob es die allgemeine Wirtschaftskrise war, die der Kundschaft das Abzahlen der zu Weihnachten aufgenommenen Kredite erschwerte, so daß es für Neuanschaffungen nicht mehr reichte. Oder ob es die Unterbietung der Preise durch einen in einer Vorstadt eröffneten Supermarkt war, der die Kunden aus dem Innenstadtbereich herauslockte, man wußte es nicht. Selbst eine Umfrage durch ein in solchen Problemen versiertes Forschungsinstitut konnte keinen Aufschluß geben.

Experten vermuteten eine Art Katerstimmung nach der in diesem Jahr extrem ausgefallenen Konsumlust. Sie war nach ihrem Höhepunkt im Winterschlußverkauf und einer kurzen Flaute vor Ostern noch einmal angestiegen und hatte sich in eine wahre Ekstase gesteigert. Die »Katertheorie« lag insofern nahe, als sie auch dem Verhalten der Belegschaft entsprach. Wie nach besinnungslos durchzechten Nächten machte sich eine allgemeine Bedrücktheit breit, ein Gefühl der Leere und des Ausgebranntseins. Es gab Angestellte, denen die Dichte des vorangegangenen Hochbetriebs so sehr fehlte, daß sie jetzt froh über jede zusätzliche Arbeit waren, die ihnen angeboten wurde. Erst der Brand in der Jugendboutique und die schaurige Neugier, die er allenthalben auslöste, sollte die Stimmung wieder normalisieren. Kurz vor dem Unglück war die Abteilung in eine große, lediglich von drei Durchgängen geöffnete weiße Plastikkapsel verlegt worden. Eine einzige Stichflamme hatte genügt, das Ganze aufflackern und innerhalb von Sekunden in sich zusammenschmelzen zu lassen. Als die automatische Sprinkleranlage in Funktion trat, war es bereits zu spät. Eine Verkäuferin und zwei Kundinnen starben noch auf der Stelle. Ganz von der Plastikmasse umschmolzen boten sie einen Anblick des Grauens.

Noch am Abend desselben Tages verhaftete die Polizei eine junge Verkäuferin unter dem Verdacht der Brandstiftung. Eine Putzfrau hatte sie in einem Besenschrank gefunden, den Körper steif wie ein Brett, die Zähne gefletscht und die aufgerissenen Augen zu einem schrecklichen Schielen verdreht. So fiel sie der entsetzten Frau entgegen. Wirre Selbstbeschuldigungen und Rußspuren an ihren Händen ließen vermuten, daß sie die Täterin war. Sie hatte keine Familie, und es ging das Gerücht, sie sei vor ihrer Einstellung im Hause gerade aus dem Drogenentzug entlassen worden.

Ein weiteres Unglück ereignete sich, als einer Frau ihr hüftlanges Haar zwischen die Stufen einer Rolltreppe geriet. Da die Stopautomatik der Treppe nicht funktionierte, wurde das Haar immer weiter zwischen die stählernen Rippen der Stufen gezogen. Als es endlich gelang, die Rolltreppe zum Stehen zu bringen, war der Frau bereits die Hälfte der Kopfhaut skalpiert. Während die Verkäuferinnen der umliegenden Stände, von dem Schreien angelockt, herbeieilten, wurden Waren im Wert von fast hunderttausend Mark entwendet.

Im Zusammenhang dieser Ereignisse sollte sich das Thema der derzeitigen Schaufensterdekoration als makabere Prophetie erweisen. Es war der »Schrei«, dem man alle Arrangements gewidmet hatte. Eines der Schaufenster galt dem »ersten Schrei«. Hier war eine Geburtsszene zu sehen. Eine lächelnde Mutter hielt einen nackten, soeben geborenen Säugling auf dem Bauch. Über Telefonhörer, die draußen vor dem Schaufenster angebracht waren, konnte der Kunde die ersten Schreie berühmter Persönlichkeiten abrufen. Zum Beispiel die eines Enkels der englischen Königin oder die des ersten in einem Reagenzglas gezeugten Menschenwesens. Auch dem »letzten Schrei« war ein Schaufenster gewidmet, dem »dernier cri«, einer abenteuerlichen Ansammlung von Hüten, die mit glitzernden Visieren geschmückt waren oder mit holographischen Folien, mit Gebrauchsgegenständen wie Messern und Gabeln oder auch mit einer Maus in einem Käfig. Andere waren ganz und gar aus asiatischem Haar geflochten und stülpten sich zu exotischen Türmen und Dächern.

In einem weiteren Schaufenster wurden berühmte Schreiszenen aus der Geschichte des Films vorgeführt. Immer wieder waren da schöne, meist blondhaarige Frauen zu sehen, denen eine meist dunkelhäutige Hand an den Hals faßte. Oder Gesichter mit weit aufgerissenen Mündern hinter Windschutzscheiben, die gerade einem Abgrund entgegenblickten.

In einem Tonstudio im Inneren des Hauses konnten die Kunden ausprobieren, zu welcher Phonstärke sie die eigene Stimme emporzujagen vermochten. Als Vorschreierin war eine Opernsängerin engangiert worden, die es verstand, die Leute zu hemmungslosem Schreien zu animieren. Das Ergebnis wurde auf einer Kassette festgehalten und konnte für sieben Mark von den Kunden erstanden werden. Berühmten Darstellungen von Schreien aus der bildenden Kunst war eine Ausstellung in der ab nun zur Galerie deklarierten Hälfte der fünften Etage gewidmet, die man der Restaurantküche abgerungen hatte.

Geschrien wurde in dieser anregenden Atmosphäre auch spontan. Meist waren es Jugendliche, die sich einen Spaß daraus machten, mit gellenden Schreien ältere Leute zu erschrecken. In der Videoabteilung konnte man auf verschiedenen Bildschirmen selbst Mörder spielen und Opfer zum Schreien bringen. Auf dem Kaufhausvorplatz war eine von einem prominenten Künstler gestaltete Plastik in einem Glaskasten ausgestellt, das Bildnis eines überlebensgroßen kopulierenden Menschenpaares. Von Zeit zu Zeit stieß dieses Paar orgiastische Schreie aus, die weit über die Fußgängerzone schallten.

Idas Zorn auf Hoss hatte sich wieder in reine Sehnsucht verwandelt, die, ganz gegen die Auffassung, die Zeit heile Wunden, immer mächtiger anwuchs. Sie lief nicht mehr durch die Straßen, um Hoss zu suchen, sondern ihr war, als trüge sie ihn in sich. Als wäre sein muttersüchtiger Blick von innen auf sie gerichtet. Je länger er verschwunden blieb, desto gewaltiger dehnte er sich in ihr aus, und vergeblich versuchte sie, Momente des Zorns gegen ihn in sich wachzurufen.

Während sie Willi, der sich in ihrer Wohnung häuslich niedergelassen hatte, liebkoste, liebte sie Hoss. Während sie aß, nährte sie ihn. Während sie schlief, versank sie mit ihm. Und wenn sie morgens aufwachte, war seine Gegenwart so intensiv, daß sie meinte, seine Haut zu spüren und seinen Schweiß zu schmecken. Sie führte ihre Liebesrituale auf und küßte ihn, indem sie sich selbst küßte. Es schmerzte sie, daß auch seine Ehefrau von ähnlichen Verlustgefühlen geplagt sein könnte, und sie spürte Eifersucht in sich aufkommen.

Willi behandelte sie entsprechend der Funktion, die er nun für sie hatte. Er sollte sie körperlich befriedigen. Es gefiel ihr, ihm zu gestehen, daß sie dabei immer nur an Hoss denken müsse. Willi diente Ida nicht nur als Liebhaber, sondern auch als Koch, als Einkäufer, als Putzfrau und als Zuhörer, wenn sie ihre Fantasien über ihren verlorenen Geliebten loswerden mußte. Hoss nahm mehr und mehr Raum in ihr ein. Er war nun, so schien ihr, nicht mehr nur in ihr, er war sie selbst geworden. Er war die Luft, die sie atmete, er war die Dunkelheit und das Licht, er war die Speisen, die sie zu sich nahm, und die Stimmen, die sie hörte. Sie fürchtete, verrückt zu werden und suchte in ihrer Not einmal wieder den in Sachen Adipositas forschenden Arzt auf.

Dieser riet ihr dringend, sich psychotherapeutisch behandeln zu lassen. Er meinte, bei ihr einen Fall ungewöhnlicher »coenästhetischer Regression« entdeckt zu haben, die einem ausgeprägten »Avalismus« gefolgt sei. Dieser Rückfall in eine Sinnlichkeitsstufe der frühesten

Kindheit müsse unbedingt behandelt werden, weil Ida in dieser Verfassung nicht einmal mehr in der Lage sei, ihr Leben unter der Priorität des Oralen zu strukturieren, die ihr bislang noch einen gewissen Halt geboten hätte. Jetzt aber drohe eine wilde, grenzenlose, alles vermischende Wahrnehmung die Patientin zu zerstören.

Eines Nachts klingelte es an Idas Tür. Schlaftrunken wühlte sie sich aus den Kissen und öffnete. Lange mußte sie hinsehen, bevor sie in dem jämmerlichen Bündel, das vor ihr auf dem Boden kauerte, Hoss erkannte. Mein Gott, mein Gott, murmelte sie und trug ihn mehr als daß sie ihn führte zu ihrem Bett. Vorsichtig schälte sie ihm die schmutzigen Kleider vom Leib und reinigte seinen schrecklich zugerichteten Körper. In seinen Achselhöhlen und an seinen Hoden hatten sich eitrige Geschwüre gebildet. Seine Beine waren übersät von Flecken und Wunden, und seine schönen Augen waren zugeschwollen und entzündet.

Nachdem sie ihn abgetrocknet und zwischen frische Laken gebettet hatte, flößte sie ihm mit einem Teelöffel Kamillentee, milde Bouillon und warme Milch ein. Er sagte kein einziges Wort. Nur einmal lächelte er schwach, was Ida als Zeichen der Freude aufnahm. Dabei sah sie unter seinen Lippen drei kegelförmige Zahnstümpfe hervorblitzen, über denen die Kronen fehlten. Er sah um mehr als zehn Jahre gealtert aus, und ein weißer Bart verdeckte seine Wangen und sein Kinn. Mit sanfter Gewalt brachte sie ihn dazu, sich die Nägel schneiden zu lassen. Sie überwand ihren Ekel vor seiner entzündeten Haut und nahm ihn in die Arme. Ja, sie brachte es sogar über sich, ihn zu küssen und mit der Zungenspitze zwischen seine Zahnstümpfe zu stoßen.

Um Hoss pflegen zu können, ließ Ida sich krank schreiben. Schweigend lag er in ihrem Bett. Kein Wort war ihm darüber zu entlocken, wo er all die Zeit geblieben war. Es dauerte lange, bis er wieder zu Kräften kam und bis die Stunden, in denen er vor sich hinstarrte ohne zu merken, wie ihm der Speichel aus den Mundwinkeln floß, weniger wurden. Seine nächtlichen Alpträume aber hielten an. Manchmal schrie er mitten in der Nacht auf. Manchmal führte er wirre Reden in Sprachen, die Ida nicht verstehen konnte.

Mit allen Mitteln versuchte sie, seine Lebensgeister zu wecken. Sie tanzte vor ihm, massierte ihm die immer kalten Füße und Hände und streichelte seinen Rücken, seine Arme und seine Beine. Auch versuchte sie, die Erinnerung an glücklichere gemeinsame Zeiten in ihm wachzurufen, indem sie die Namen der Städte und Hotels wiederholte, in denen sie gemeinsame Wochenenden verbracht hatten. Aber nichts half. Das einzige, was Hoss wollte, war, seinen Kopf an Idas Busen zu schmiegen. Dabei hatte er ein Lächeln im Gesicht, das sich für seine eigene Resigniertheit zu entschuldigen schien. Tag und Nacht blieb sie bei ihm. Ließ sie ihn nur für kurze Zeit alleine, weil sie im Haushalt zu tun hatte oder einkaufen mußte, fand sie ihn bei ihrer Rückkehr jammernd und in Schweiß gebadet wieder.

Willi, der seine eigene Wohnung aufgegeben hatte, mußte nach Hoss' Rückkehr in das Wohnzimmer umziehen. Ida hatte ihm dort eine Matratze auf den Boden gelegt. Sein neuer Status verdroß ihn, und er ergriff jede Gelegenheit, Hoss zu beleidigen. Durch die geschlossene Schlafzimmertür beschimpfte er ihn und nannte ihn Betrüger, Dealer und Halsabschneider. Er behauptete, zu wissen, daß Hoss »Dreck am Stecken« hätte, daß er in üble Geschäfte verwickelt sei, in Steuerfluchtgeschichten und Versicherungsbetrüge, und er prophezeite Ida, sie werde noch ihr blaues Wunder mit ihm erleben. Meist gipfelten seine Tiraden in dem Ausruf »perverse Sau«.

Die Hiobsbotschaft ihrer Kündigung erreichte Ida, als sie gerade beschlossen hatte, wieder arbeiten zu gehen. Denn Hoss hatte sich so weit erholt, daß sie glaubte, ihn tagsüber alleine lassen zu können. Das Kündigungsschreiben trug noch die Unterschrift des Personalchefs, der an dem Tag, als Ida den Brief erhielt, schon nicht mehr unter den Lebenden weilte. Kurz vor Geschäftsschluß des Tages zuvor hatte ihn seine Sekretärin in seinem Büro ermordet aufgefunden. Die Geschäftsleitung hatte dem Personal nahegelegt, Ruhe zu bewahren und das Haus zu verlassen, als ob nichts geschehen wäre. Kollegen, die dennoch ihre Sensationslust nicht hatten bezwingen können und auf den Hof liefen, um zu beobachten, wie der Personalchef abtransportiert wurde, sollten mit fristloser Kündigung bestraft werden.

Es dauerte nicht lange, bis man den Täter fand. Er war jener haarlose Sohn des Personalchefs, den dieser vor fünfzehn Jahren mit der Freundin seiner Geliebten gezeugt hatte. Der Jugendliche stellte sich freiwillig der Polizei und legte ein Geständnis ab. Er hatte seinen Vater mit einem Revolverschuß in den Hinterkopf getötet. Es ging das Gerücht, er hätte in früher Kindheit sexuellen Orgien der Erwachsenen beigewohnt, und die Polizei habe in der Wohnung seiner Mutter eine Reihe pornographischer Filme beschlagnahmt, in denen das Kind bei unsittlichen Handlungen zu sehen sei.

Willi, der behauptete, er habe schon immer geahnt, daß mit dem Privatleben des Personalchefs etwas nicht in Ordnung sei, machte sich sofort an die detektivische Arbeit. Er nahm Kontakt zu der Mutter des Täters wie auch zu allen Mitgliedern der heimlichen Zelle des Personalchefs auf. Ida konnte sich einer heimlichen Schadenfreude über das Verbrechen nicht erwehren, und sie meinte, bestätigt zu finden, daß es so etwas wie eine gerechte Strafe gebe. Von Sonja erfuhr sie täglich die neuesten Gerüchte. Hauptthema im Haus seien die »sexuellen Abartigkeiten« des Personalchefs und seiner Zelle. Auch sei entdeckt worden, daß das hauseigene Fotolabor nachts damit beschäftigt gewesen sei, Filme von Kindern in obszönen Haltungen zu entwickeln. Aus allen Teilen des Landes komme die Presse jetzt herangereist und frage die Kollegen nach den persönlichen Angelegenheiten des Ermordeten aus.

Hoss, Willi und Ida hatten sich in ihrer Ménage-à-trois eingerichtet, es ging nun seit Monaten so. Ida war nichts übrig geblieben, als von den Visitenkarten, die ihr im Laufe der Zeit zugesteckt worden waren, Gebrauch zu machen. Sie empfand dies als Demütigung, aber was soll ich machen, fragte sie sich. Hoss verbrachte seine Tage in Idas historischem Bett, stumm sinnierend oder in Büchern blätternd, deren Inhalte ihm ebenso fern blieben wie die um ihn lebenden beiden Menschen. Er ließ sich versorgen wie ein Kind, ohne selbst je einen Finger zu krümmen. Willi beschimpfte ihn als Schauspieler, als Motherfucker und Blutsauger.

Willis Traum vom eigenen Detektivbüro entwich immer mehr in die Sphäre reinen Wunschdenkens. Seine Schulden hatten sich so angehäuft, daß nicht die geringste Hoffnung mehr auf den zur Gründung eines Unternehmens notwendigen Kredit bestand. Je mehr seine Träume zerflossen, desto hartnäckiger wurde er in der Ablehnung von Stellenangeboten, die ihn immer wieder durch besorgte Freunde erreichten. Streunte er nicht gerade in Boutiquen und Kaufhäusern umher, immer auf der Suche nach Tunichtguten, verbrachte er seine Zeit damit, Skizzen eines Detektivbaus anzufertigen. Es waren Entwürfe ausgedehnter unterirdischer Labyrinthe, in denen nur er sich auskennen sollte, und die in seiner Vorstellung zu festungsähnlichen Verliesen heranwuchsen. Er hatte sich immer noch nicht damit abgefunden, daß Ida die Nächte mit Hoss in ihrem Prunkbett verbrachte, während er selbst sich mit der dürftigen Bettstatt im Wohnzimmer begnügen sollte. Er war fest davon überzeugt, sie würde sich eines Besseren besinnen, wenn er nur reüssierte.

Ida ging den diversen Pflichten zur Aufrechterhaltung ihres Dreipersonenhaushalts nach. Ihren Plan verfolgte sie unbeirrt weiter. Nach wie vor war ihr mächtiger Körper Mittelpunkt ihres Daseins, und alles andere hatte periphere Bedeutung. Manchmal wurde sie zu Aufnahmen von an Merkwürdigkeiten interessierten Fotografen engagiert.

Die regelmäßigsten Einnahmen brachten ihr die Treffen mit den Visitenkartenherren. Nur wenige wollten, was Ida das Eigentliche nannte, sondern begnügten sich mit theaterähnlichen Auftritten, die sie nach genauen Regieanweisungen zu inszenieren hatte. Selten hatte sie Angebote, die ihrer Vorstellung entsprachen. Und ebenso selten gelangte sie in Gesellschaften, in denen sie den Marktwert ihres Körpers wirklich genießen konnte. Meist wurde sie in verborgene kleine Wohnungen bestellt, irgendwo am Rande der Stadt. In anonyme Zellen heimlichen zweiten Daseins, in Hochhäusern gelegen und kärglich möbliert, ausstaffiert gemäß den Regeln, welche die Dramaturgie der verbotenen Wünsche setzt. Bald kannte sie sich darin aus, wie man sich in fremden Küchen auskennt. Requisiten ihrer Auftritte fanden sich immer an den gleichen Stellen und auf gleiche Weise versteckt. Eine im Laufe der Zeit entwickelte Professionalität machte es ihr leicht, in fremde Situationen zu gleiten und schützte sie vor dem Verlust ihrer Würde. Lächelnd blickte sie in die Gesichter ihrer Klienten, die Idas Angstlosigkeit zu schätzen lernten. Bald hatte sich ein fester Kundenstamm um sie gebildet.

Der Stolz, ihre beiden Schützlinge und sich selbst auf der Ebene eines guten Lebensstandards ernähren zu können, entschädigte sie für den verlorenen Glamour. Am schwierigsten fand sie Situationen, die sie aus ihrer Distanz zwangen. Etwa jene mit der Dame, die ihre traumatische Geburt nachspielen wollte. Sie hatte therapeutische Ansprüche an Ida, verlangte intensives Einlassen auf komplizierte und unverständliche Dialoge und reagierte ärgerlich, wenn sie nicht die Antworten erhielt, die sie haben wollte.

Ida mühte sich um Verdienstmöglichkeiten aller Art. Sie verkaufte ihre selbst aufgenommenen Fotografien an eine pharmazeutische Firma zu Reklamezwecken für Abmagerungsmittel. Sie sollten einer Vorher-Nachher-Serie dienen, in der Idas Beleibtheit als »Vorher« und ihr Ausgangszustand als »Nachher« ausgegeben wurden.

Auch nahm sie einen Auftrag an, der sie verpflichtete, mehrmals wöchentlich an einer Kunstschule Modell für Aktzeichnungen zu stehen. Das stundenlange Stillhalten langweilte sie schrecklich, und die Zeichnungen, die dabei entstanden, verletzten ihr Selbstwertgefühl. Meist zeigten sie Ida als gedrungene, unbeholfene, schlecht proportionierte Person in lächerlicher Haltung. Mit Beinen, die Würsten glichen, und Brüsten, die eher an einen Hintern als an einen Busen erinnerten. Zu ihrem Trost kritisierte auch der Professor diese Machwerke und warf seinen Schülern vor, daß sie nichts verstünden von der Poesie eines großen Körpers.

Ida wurde zu Talkshows eingeladen und zu Wettessen, von denen ihr eines immer in Erinnerung bleiben sollte, weil ihr dreißigjähriger Kontrahent beim Zermampfen der siebenundvierzigsten Weißwurst plötzlich aschfahl wurde und tot zusammenbrach.

Eines ihrer unvergeßlichen Erlebnisse war eine Performance, die der Zeichenprofessor eigens für Ida entworfen hatte. Wer daran teilnehmen wollte, mußte sich durch einen engen, weichen und heißdämpfenden Kanal zwängen, der wie eine Rutschbahn in dem Raum der Veranstaltung endete. Die Geladenen landeten mit verblüfften Gesichtern und hochgerutschten Kleidern in einem grünen Sandhaufen, wo sie von dem Professor mit einem Kelch warmen Stierblutes empfangen wurden. Nur wer einen Schluck aus diesem Kelch zu trinken bereit war, durfte bleiben.

In der Mitte des grün ausgeschlagenen Raumes lag Ida auf einem goldenen Podest. Sie lag auf dem Rücken, war nackt, und auf ihrem Körper hatte der Professor Stierhoden, Straußeneier und die Eierstöcke trächtiger Hündinnen garniert. Ansonsten war der Raum mit grünem Gemüse ausgestattet. Zum Trinken wurde in goldenen Bechern Honigwein gereicht. Während sich Ida unter der Last der auf ihr gelagerten Eingeweide anstrengte, ruhig zu atmen, und ihren Drang, zu urinieren, bezwang, dozierte der Professor über die Kraft verinnerlichter Symbole.

Das Ei, sagte er feierlich, sei das Symbol des Lebens schlechthin. Die anwesenden Damen wurden unter den Klängen einer afrikanischen Trommelmusik animiert, Kontakt zu ihren Eierstöcken aufzunehmen. Als daraufhin nur ein allgemeines Gekicher zu hören war, forderte er dazu auf, sich aller Gegenstände, die den medialen Zugang zu den Leben spendenden Organen hemmen könnten, zu entledigen. Es dauerte nicht lange, bis die ersten Kleidung und Schmuck abgelegt hatten und begannen, im Takt der Musik ihre Hüften zu bewegen.

Es sei allgemein zu beobachten, sagte der Professor, daß die Sehnsucht zum Tode sich in eine fanatische Ursprungsgier verkehrt habe. Diese Entwicklung verlaufe, wie man nachweisen könne, strudelförmig, eingebettet in die dynamische Sogbewegung des Willens zur Macht. Gerade solche Vertreter der Intelligenz, die sich angesichts der kommenden Katastrophe besonders inbrünstig am After-Diskurs beteiligt hätten, sei es in Form des After-Romans, des After-Films oder ganz allgemeiner Après-Theorien, nicht zu vergessen die Nebenerscheinungen im Trivialbereich wie das fistfucking und das Hintenreinkriechen, tendierten heute mehr und mehr zum Ursprung. Jedenfalls soweit sie die Mordattacken aufeinander, die in den letzten Jahren unser kulturelles Leben so vitalisierten, überlebt hätten. Im sexuellen Bereich ließe sich feststellen, daß ein immer größeres Bedürfnis entstanden sei, dahin zu gelangen, wo man hergekommen sei.

Die Gäste gerieten in Ekstase. Kleider und Schuhe flogen durch den Raum. Auf das Zeichen des Professors zum Mahl stürzten sich alle Anwesenden auf Ida und verschlangen die auf ihrem Leib garnierten Innereien mit bloßen Händen. Die Spannung stieg, als nun auch die männlichen Anwesenden ihre Stimmen erhoben. Aus Leibeskräften verkündeten sie die Trauer um ihre vergeudeten Lebenssäfte. Einer um den anderen fielen sie in Klagen um alle Kinder ein, die gezeugt, aber nicht geboren worden seien.

Während die allgemeinen Beschwörungen anhaltender Fruchtbarkeit und Manneskraft zu einem hysterischen Geschrei anschwoll, wurde Ida von einem muskulösen Assistenten des Professors an den Handgelenken gepackt und in die Höhe gezogen. Unter den gebannten Blicken der außer sich geratenen Gesellschaft fand die Vereinigung statt. Der Muskelmann stieß einen fantastisch geformten und mit einer Mischung aus Milch und Honig gefüllten Phallus in eine von Ida gehaltene Phiole. Er stieß so lange zu, bis sich der Phallus entleerte und die Anwesenden erschöpft und erlöst zu Boden sanken.

Eines frühen Morgens läutete es an Idas Tür Sturm. Ihr träumte gerade, sie zwänge sich aus einem tiefen Erdloch. Immer, wenn sie glaubte, durchgekommen zu sein, preßte sich eine nächste, unerwartete Schicht Erde um ihren Körper. Sie versuchte, sich davon zu befreien, indem sie sich nach oben hievte. Sie wand sich und preßte ihren Leib durch unendliche, immer nachwachsende Mengen brüchigen Bodens. Sie schaffte und schaffte es nicht. Sie war am Verzweifeln. Der Himmel über ihr schien blauer denn je. Wilde Wolken stieben darüber hinweg. Dahin, wo auch Ida hinwollte, hoch, weit, in die Ferne. Dahin, wo sie ihren Körper frei ausdehnen könnte. Wo der einzige Widerstand die flüchtende Luft wäre, der Wind und das Licht, die sie mit sich zögen. Die Sehnsucht war gewaltig in ihr. Alles trieb sie dorthin. Und dennoch wollte es ihr nicht gelingen, sich aus der erdigen Umklammerung zu befreien. Sie wollte rufen, lange, kehlige Schreie wollte sie nach oben schicken, aber ihr Mund war mit Erdbrocken angefüllt. Stück für Stück kämpfte sie sich voran. Als sie schon bis zur Brust über dem Boden angekommen war, klingelte es, und sie fiel zurück. Schrill unterbrochen fand sie sich neben Hoss, erschöpft in nasse Kissen vergraben.

Nach kurzem, heftigen Lärm stürmte ein Trupp uniformierter Männer in das Schlafzimmer. Von Ida und Hoss war nichts zu sehen als die Schemen ihrer aneinandergeschmiegten Körper unter der Bettdecke. Was nun geschah, übertraf selbst Idas an vielen Kriminalfilmen geschulte Vorstellung von einem polizeilichen Überfall. Die Decke wurde fortgerissen. Noch aneinandergeklammert wurden Ida und Hoss gepackt, mit gewaltsamen Griffen aus dem Bett gezerrt und nackt in das Badezimmer getrieben. Dort mußten sie mit hochgehaltenen Armen mitansehen, wie Idas Wohnung durchwühlt und zerstört wurde. Glas splitterte, Holz zerbarst, Stoff riß, und die Stimmen der Nachbarn wurden laut. Ida hörte, wie ein Schrank umkippte, wie Wasser in der Küche floß und wie Metall auf Metall schlug. Dann wurde es stiller, und Hoss' Bücher flogen in hohem Bogen auf den Flur.

Jedesmal, wenn Ida versuchte, ihre schmerzenden Arme sinken zu lassen, richtete ihr junger Bewacher den Lauf seiner Waffe auf ihre Hände und wies sie wieder in die Höhe. Triumphales Geschrei erhob sich, als die Beamten unter dem Wohnzimmerschrank in einem Safe das fanden, was sie gesucht zu haben glaubten. Sie waren auf Willis Entwürfe seiner unterirdischen Detektei gestoßen. Ahas und Ohos ausstoßend studierten sie Blatt für Blatt, als hätten sie das Corpus delicti entdeckt. Ida und Hoss standen immer noch mit hochgehaltenen Armen im Badezimmer, immer noch verächtlich beäugt von ihrem jungen Bewacher.

In diesem Moment kam Ida der abwesende Willi in den Sinn. Ob er, fragte sie sich, aus Haß auf Hoss, aus Eifersucht, oder vielleicht aus Angst? Oder ob er tatsächlich glaubte, einen dicken Fisch an Land gezogen zu haben? Sie dachte an seine immer wieder vorgebrachten Anschuldigungen gegen Hoss, in dessen Gesicht sie nun blickte. Er hielt die Augen geschlossen, als warte er auf seine Hinrichtung, wie hingegeben an die Zerstörung. Sie sah, wie er seine Hände an den immer noch hochgehaltenen Unterarmen fallen ließ, so daß sie aussahen wie schwache Pfoten.

Nein, niemals würde sie glauben, daß Hoss ein Verbrecher sei. Unendliches Mitleid durchströmte sie. Sie erinnerte sich an Filmszenen, wo Menschen ohne Schuld in schreckliche Taten verwickelt worden waren. Und daran, wie glücklich sie aufatmeten, wenn sie endlich in die erlösende Falle der Polizei tappten und aller Spuk ein Ende hatte.

Den Bemerkungen der Beamten war zu entnehmen, daß sie glaubten, Willis Zeichnungen seien die Machwerke Hoss'. Ida erinnerte sich an einen Filmehemann, der von seiner Frau dazu verleitet worden war, gestohlene Wagen zu präparieren und ins Ausland zu schaffen. Und wie der Mann eines Tages herausfand, daß seine Frau ihn betrog. Wie er mit einer solchen Bitternis und Eifersucht darauf reagierte, daß er nicht anders konnte, als sie zu töten. Und wie er sie mit einem einzigen Schuß niederstreckte, nur um sich sogleich in tiefer Reue über sie zu werfen und in heillose Klagen auszubrechen.

Ida zweifelte jetzt nicht mehr daran, daß dieser polizeiliche Überfall niemandem anders als Willi zu verdanken sei. Tränen traten ihr in die Augen, wenn sie daran dachte, daß er seit Monaten auf ihre Kosten gelebt hatte. Sie stellte sich vor, wie er jetzt unten mit den Nachbarn zusammenstünde und wichtigtuerische Erklärungen abgäbe. Sie sah seine triumphierende Miene vor sich und das schadenfrohe Glitzern in seinen Augen. Die Schultern schmerzten ihr und ihre Gedanken gerieten in Verwirrung. Hoss hatte immer noch die Augen geschlossen. Bilder des Lago Maggiore tauchten vor ihr auf. Sie dachte an ihre erste Begegnung mit Hoss, an seine gepflegte Erscheinung und seine Zärtlichkeit. Sie erinnerte sich an die Badewannen in den Luxushotels und an die reich gedeckten Tische in teuren Restaurants. Die Bilder wirbelten in ihrem Kopf durcheinander, und die Situation kam ihr jetzt so unwirklich vor wie ein Film.

Bevor die Beamten mit Hoss abzogen, zwangen sie ihn, zusammen mit Ida die Badewanne zu besteigen und machten sich einen Spaß daraus, die beiden abwechselnd mit unvermischt heißem und kaltem Wasser zu bespritzen. Sie hatten den Massageaufsatz an der Brause so eingestellt, daß er das Wasser zu einem harten Strahl formte, den sie auf Idas Brüste und Bauch richteten. Grölend amüsierten sie sich über die Dellen und Wellen, die dabei in ihrem Fleisch entstanden.

Nach dieser Tortur warfen sie dem triefendnassen Hoss eines von Idas durchsichtigen Nachthemden und ein Pelzjäckchen über. Dann schlossen sie ihm die Hände mit Handschellen aneinander und trieben ihn unter den hämischen Blicken der Nachbarn die Treppe hinunter. Ida ließen sie in der Wohnung zurück, nachdem sie ihr einen im Eisschrank gefundenen Räucheraal in die Scheide geschoben hatten.

Willi, der in diesem Moment von seinem nächtlichen Streifzug durch Bars und Kneipen zurückkehrte, sah gerade noch, wie man Hoss abführte. Er konnte auch beobachten, wie dieser sich in plötzlicher Realitätserkenntnis zu wehren suchte und dafür mit Ohrfeigen und Knüppelschlägen zwischen die Beine und in den Magen traktiert wurde, bis er in einem vergitterten Polizeiwagen verschwand.

Da Willi auf keinen Fall mit Hoss in Verbindung gebracht werden wollte, machte er sich eilig aus dem Staub. Den ganzen Tag sann er darüber nach, welche glaubhafte Entschuldigung er vorbringen könnte, wenn man seine Zeichnungen und Papiere in Idas Wohnung gefunden hätte. Er hatte Hoss nicht angezeigt, denn er hätte sich viel zu sehr gefürchtet, durch eine solche Aktion selbst belastet zu werden. Vielleicht hätte er der Polizei einige Tips gegeben, nachdem er aus Idas Wohnung ausgezogen wäre. So war ihm die Polizei einmal wieder zuvorgekommen, und seine größte Angst war, jetzt als Komplize in Verdacht zu geraten.

Stundenlang trieb er sich in der Innenstadt herum, in Kneipen und Kaufhäusern, in Spielhallen und U-Bahnhöfen, immer auf der Suche nach verdächtigen Personen. Das beruhigte ihn, obwohl er an diesem Tag wenig Erfolg hatte. Die einzige Tat, die er hätte entlarven können, war, als ein Mann einem anderen heimlich ein Päckchen zusteckte, um ihn kurz darauf als Dealer festzunehmen. Aber er kannte den Täter als einen freundlichen Mitarbeiter des Rauschgiftdezernats, und als einen der wenigen, mit denen er es sich nicht verderben wollte.

Während Ida noch in ihrer Wohnung umherirrte, ohne die angerichtete Verwüstung begreifen zu können und auch ohne daran zu denken, daß sie immer noch nackt war, drängten auch schon Nachbarn, Journalisten und Pressefotografen herein. Sie bestürmten Ida mit aufdringlichen Fragen, auf die sie nur schweigend mit den Achseln zuckte. Später, als sie wieder zu sich gekommen war, versuchte Sie, die aufgebrochene Wohnungstür zu verrammeln. Dann machte sie sich daran, das in der Küche stehende Wasser aufzuwischen, den umgefallenen Schrank hochzustemmen, die Splitter der zertrümmerten Spiegel einzusammeln, die Bücher aufzulesen und in das Regal zu ordnen, das zerbrochene Geschirr zusammenzufegen und die überall zerstreuten Kleider in den Schrank zurückzuhängen.

Als sie das Haus verließ, um die Reparatur ihrer Tür und ihres Telefons zu veranlassen, merkte sie, daß die Nachbarn hinter geschlossenen Vorhängen auf sie herunteräugten. Wie elektrische Schläge gingen ihre Blicke auf sie nieder. Nein, dachte sie, sie würde nicht zusammenbrechen, nicht niedersinken, auf keinen Fall würde sie das Opfer bieten, das sie sich wünschten. Sie streckte sich den Wolken entgegen, setzte ihre Schritte noch entschiedener auf das Pflaster und warf ihren Blick so stolz über ihren Busen, daß, wer ihr begegnete, respektvoll zur Seite wich.

Am nächsten Tag stand in den Zeitungen, die Polizei sei eines lange gesuchten Verbrechers habhaft geworden, auf dessen Konto nicht nur Scheckbetrüge in Millionenhöhe gingen, sondern auch Steuerhinterziehung, Handel mit nicht existierenden Waren, Versicherungsbetrüge und vermutlich auch das Einschmuggeln harter Drogen. Außerdem habe man höchst verdächtige Skizzen unterirdischer Gebäude in seiner Wohnung gefunden, von denen man noch nicht genau wisse, was sie zu bedeuten hätten. Man vermute, sie dienten kriminellen Zwecken, möglicherweise als Lager für schmutzige Ware und, wie man einigen Schriftstücken entnehmen könne, der Ausbildung illegaler Schlägertrupps. Ein Foto zeigte Hoss in dem wallenden, durchsichtigen Nachthemd, in dem er abgeführt worden war. Auf einem anderen Foto war Ida zu sehen, mit zerrauftem Haar, nackt und über Brust und Geschlecht einen schwarzen Balken. Der Kommentar lautete, man habe sie mit Hoss in einem Zustand totaler Verwahrlosung gefunden, und ihr rabiater Widerstand habe die Polizei zu äußersten Maßnahmen gezwungen.

Als Ida zurückkehrte, hörte sie schon auf der Treppe Stimmen in ihrer Wohnung. Einen Augenblick hielt sie inne und lauschte, aber dann machte sie instinktiv kehrt und flüchtete in die Innenstadt. Es gelang ihr an diesem Tag nicht mehr, Willi aufzutreiben. Ebenso vergeblich blieben ihre Versuche, mit den Visitenkartenherren in Verbindung zu treten. Sie hatten alle die Tageszeitungen gelesen und ließen sich nun verleugnen.

Bis in die Nacht hinein streunte Ida durch die Straßen. Sie fand niemanden, der bereit gewesen wäre, sie für ein paar Tage aufzunehmen. Nicht einmal Sonja, die sie zufällig an der Straßenbahnhaltestelle traf, wollte ihr helfen. Sie schützte einen Verwandtenbesuch vor, und machte dabei ein Gesicht, dem Ida sofort ansah, daß sie log.

Um Mitternacht beschloß Ida, eine der heimlichen Wohnungen aufzusuchen. Sie fuhr in die zehnte Etage jenes Hochhauses, in dem drei ihrer Klienten die Domizile ihres zweiten Lebens unterhielten. Den Schlüssel zu einer der Wohnungen fand sie im Briefkasten, den sie mit einem Messer aufgebogen hatte. Erschöpft ließ sie sich in ein Bett sinken, ohne einen Blick auf die überall herumliegenden Utensilien zur Aufführung sexueller Komödien zu werfen.

Am nächsten Tag las sie in der Zeitung, daß die Polizei sie suche, daß sie hochgradig geistesgestört sei und dringend einer psychiatrischen Behandlung bedürfe. Aussagen von Leuten, die sie kannten, sollten ihren Zustand bestätigen. So der Chef von Kokille, der behauptete, sie habe auf ihre Kündigung mit einem Anfall von Zerstörungswut reagiert und das gesamte Mobiliar des Büros zerschlagen. Auch die Irmissa hatte man befragt. Sie war sogar abgebildet und blickte mit gewichtiger Miene aus der Zeitung heraus. Ida hätte es schon immer verstanden, aus jeder Situation Kapital zu schlagen, und ihr Plan, auf diese perverse Weise berühmt zu werden, sei nichts als ein Vorwand für ihre krankhafte Freßsucht gewesen, meinte sie. Auch Idas Nachbarn hatte man zu Wort kommen lassen. Sie hätten ja schon immer geahnt, daß in Idas Wohnung Dinge vor sich gegangen seien, die man schon längst der Polizei hätte melden sollen. Ida sei eine unerhörte Schlampe, die nie die Treppe geputzt habe und unter deren Tür ein übler Geruch hervorgeströmt sei. Außerdem habe man verdächtige Herrenbesuche bei ihr beobachtet. Ja, man vermute, daß in ihrer Wohnung eine weit größere Anzahl von Personen gewohnt hätte als erlaubt gewesen wäre. Und überhaupt habe Ida schon seit langem einen verrückten Eindruck gemacht.

Während Ida diese Verleumdungen las, sank ihr das Blut aus dem Kopf. Sie dachte daran, die Redaktionen der Zeitungen aufzusuchen und alles richtigzustellen. Sie erwog, Kontakt mit Hoss aufzunehmen. Sie überlegte, daß es vielleicht eine Lösung wäre, bei dem Sorgentelefon der Stadt anzurufen oder bei einem kirchlichen Beratungsdienst. Aber am Ende verwarf sie alle Möglichkeiten, weil sie fürchtete, festgenommen und in eine Psychiatrie geschickt zu werden.

Die Sonne geht heute wunderschön unter, wie in einem Hollywoodfilm. Ich fliege über das Meer. Ich reise viel in der Gegend umher. Auch diesen Flug hat man mir bezahlt, und zwar doppelt. Denn ich benötige nach wie vor zwei Sitze. Ich fliege regelmäßig nach Mallorca, Tunesien, Gran Canaria, Ibiza, St. Moritz, London, Wien und weiß Gott wohin. Überall gebe ich Vorstellungen. Ich kann nicht klagen. Aber immer, wenn ich mich in den Sessel lehne, überkommt mich die Erinnerung. Ja, die früheren Zeiten. Als ich noch an Hoss' Seite in den siebten Himmel geflogen bin. Seine Familie hat ihm streng untersagt, mich wiederzusehen. Als wäre ich an seinem Ruin schuld. Man hat ihn gegen eine hohe Kaution freigelassen. Wir haben uns noch ein paarmal getroffen, aber das alte Feuer war verloschen. Soviel ich weiß, hat er sich jetzt ganz in die Schweiz zurückgezogen. Einmal habe ich ihn am Flughafen gesehen. Er ging eilig und Arm in Arm mit einer Dame im Pelzmantel. Sie war blond, schlank und natürlich sehr vornehm. Mein genaues Gegenteil. Anschließend bin ich in Tränen ausgebrochen, aber nicht vor Sehnsucht oder Eifersucht, sondern wegen dieser Gleichgültigkeit. So stelle ich mir das Altwerden vor, daß man nichts mehr empfindet. Kein Funke hat sich mehr in mir geregt, das war das schlimmste. Wenn man bedenkt, welche Geheimnisse wir haben.

Aber vielleicht ist das normal. Ja, wahrscheinlich ist es das Normale, was mich so traurig macht. Ich werde überall als Sensation herumgereicht, aber selbst das ist ganz normal für mich geworden. Ich habe lange üben müssen, bis mir diese Nummer gelungen ist. Am Anfang dachte ich, ich schaffe es nie. Aber dann hat es doch geklappt, dank meinem eisernen Willen. Ich bin ein Mensch, der eine Sache zu Ende führt, wenn er sie einmal angefangen hat. Was die Kollegen über mich erzählen, stimmt übrigens. Ja, natürlich habe ich in einer Peepshow gearbeitet, was blieb mir damals übrig. Und ich habe auch in der showeigenen Pension gewohnt, wie die meisten Mädchen. Es stimmt auch, daß ich haarlos aufgetreten bin, von Kopf bis Fuß glatt wie ein Aal. Alles geschoren. Manchmal habe ich blaue, grüne oder auch silberne Perücken getragen, je nach Wunsch der Kunden, die ich individuell bediente. Schließlich war ich eine Spezialität, wegen der die Männer von weit her gereist kamen. Ich saß, kniete oder lag auf einer drehenden Scheibe und tat, was man von mir verlangte. Immer war es dasselbe. Sie hätten mir zwischen den Beinen hindurch bis in den Mund sehen können, es hätte ihnen immer noch nicht genügt. Einmal bin ich zusammen mit einer sehr dünnen Kollegin aufgetreten, das war ein Spaß. Die Wolken sind wirklich herrlich heute, so rein und hoch. Als hätten sie noch gar nichts durchgemacht auf dieser Welt.

Das Leben ist doch das Anstrengendste, was man sich vorstellen kann. Alles macht solche Mühe. Immer bin ich müde, obwohl die körperliche Ertüchtigung zu meinem Beruf gehört und ich nicht an Bewegungsmangel leide. Immer wieder dehne und falte ich mich. Ja, ich habe sogar einen Ehrgeiz entwickelt und will meine Sache besonders gut machen. Vielleicht gelingt es mir eines Tages, in einen noch kleineren Kasten zu steigen. Diese Wolke da sieht aus wie eine Frau, die sich aufstützt und ohne jede Anstrengung auf die Erde schaut. Ich liebe diese komischen Figuren.

Willi? Ach je! Soweit ich weiß, hat er sich wieder aufgerappelt. Wir haben uns noch oft gesehen. Ich bin mir immer noch nicht sicher, ob er es war, der Hoss verpfiffen hat oder nicht. Manchmal hasse ich ihn, manchmal denke ich, es gibt keinen besseren Freund. Man kennt sich, man trennt sich, und immer wieder freut man sich, wenn man sich sieht. Natürlich hat er kein Detektivbüro. Aber immerhin ist er Leiter eines privaten Schutztrupps für eine Villensiedlung am Rand der Stadt.

Mein Privatleben ist sehr abwechslungsreich, wie man sich vorstellen kann. Als ich noch Reisebegleiterin arabischer Geschäftsleute war, wäre ich um ein Haar im Orient gelandet. Ein reicher Ölscheich wollte mich in Gold, ja in Diamanten aufwiegen lassen. Aber ich dachte mir, daß ich auf niemanden so schnell wieder hereinfalle. Ich habe eine Schwäche für dunkle Haut und diese typischen Wüstenaugen. Mit meinen Tanzvorführungen konnte ich sie immer zum Leuchten bringen. Ich muß einen sehr ebenmäßigen Bauch haben, er hat mir viel Bewunderung eingebracht.

Ich fliege für mein Leben gern. Und jetzt trinke ich schon das dritte Glas Sekt. In dieser Höhe denke ich oft an früher. Ich denke an das winzige Haus hinter der Eisenhütte. Manchmal träume ich, das Haus wäre so klein, daß ich nicht mehr hineinpasse, und meine Mutter gäbe mir ein Glas Johanniskrautsaft, damit ich kleiner werde. Weil ich aber zuviel davon trinke, schrumpfe ich so sehr zusammen, daß sie mich einfach in die Tasche steckt.

Der Herr vor mir hat mir einen Cognac angeboten. Ich kenne diese Sorte Mann. Er hat das gleiche Parfüm wie Hoss und wie so viele andere. Wenn er nur wüßte, wie komisch er aussieht mit seinem karierten Hütchen und diesem Kamelhaarmantel. Seine Augen versuchen, ihre Schwäche zu verbergen, aber es gelingt ihnen nicht. Ich durchschaue sein ganzes Spiel und spiele trotzdem mit. Denn neugierig bin ich immer noch, Gott sei Dank. Er hat zur gleichen Zeit mit seinem hübschen jungen Nachbarn angebändelt, dem er gerade vorlügt, er wäre Eigentümer eines großen Luxushotels in Afrika. Aber ich weiß, daß er angibt und in Wirklichkeit nur einen untergeordneten Posten hat. Sonst wäre sein Aktenkoffer nicht aus gefälschtem, sondern aus echtem Krokodilleder. So etwas sehe ich heute mit einem Blick. Er ist einer von denen, die es mit allen treiben, wenn sie nur jung sind. Sein Nachbar tut, als ob er ihm glaubt, aber ich sehe ihm an, daß er ihn genauso erkannt hat wie ich. Manchmal lächelt er voller Verachtung in seinen Cognac hinein. Der Alte ist viel zu eingebildet, als daß er es merkt.

Dieses Essen in den Flugzeugen ist eine Katastrophe. Sieben Erste-Klasse-Menüs haben mich so unbefriedigt gelassen wie sonst eine einzige Suppe. Das Hühnerfleisch schmeckt wie der ungewaschene Fuß eines gestreßten Politikers. Der Herr neben mir behauptet, Schriftsteller zu sein. Er sagt, er wohnt auf einer spanischen Insel und fährt jedes Jahr zweimal nach Deuschland, wo er sich in die Straßenbahn setzt, um zu hören, wie die Leute reden. Dabei hat er heimlich seinen Kassettenrecorder angestellt und nimmt alles auf. Dann fährt er auf seine Insel zurück und schreibt über das Leben.

Ich hasse es, mit Fragen ausgequetscht zu werden, diese Leute gehn mir auf die Nerven. Schon oft genug bin ich auf Journalisten hereingefallen, die aus meinem Leben etwas machen, was gar nicht ist. Eine Fotografin hat es fertiggebracht, mich mit ihrer Freundlichkeit zu Nacktaufnahmen zu überreden. Tagelang hat sie mich verfolgt und immerzu fotografiert. Dann wollte sie für ganz private Zwecke noch ein paar Aufnahmen machen, nackt wie gesagt, und in einem billigen Hotelzimmer vor einem Fernsehapparat. Es waren die häßlichsten Fotos, die jemals von mir gemacht worden sind, und ausgerechnet die hat sie in einer Ausstellung ausgehängt. Alles schwarzweiß, nur mein Körper rosa koloriert. Man kann sich denken, wie ich darauf aussehe. Aber wenn man einmal so berühmt ist wie ich, hört man auf, sich zu schämen. Man muß sich nur immer wieder sagen, daß man nicht das Schwein ist, das sie aus einem machen.

Die Frau da vorne möchte ich kennenlernen. Wie sie auf die Idee kommt, sich so zu dekorieren? In dem lila Seidentuch, das sie um ihren schwarzen Kopf gebunden hat, und unter dem grünen, geflochtenen Stirnband sieht ihr Gesicht aus wie ein unschuldiges Herz. Was gäbe ich dafür, so schöne üppige Lippen zu haben wie sie! Sie hat den Mund immer offen, und darunter schauen ihre weißen Zähne hervor. Am liebsten wollte ich sie küssen.

Jetzt liegt das Wolkenmeer unter uns. Ich hätte gern ein Kleid aus hellblauer Seide. Mein Nachbar macht Aufzeichnungen in ein kleines Buch und sieht mich von Zeit zu Zeit an, als wäre er dabei, mich zu beschreiben. Ich tue, als merke ich es nicht. Ich lächle wie geistesabwesend vor mich hin, aber ich registriere alles.

Das lange Sitzen macht mich immer ganz starr. Sofort nach der Landung muß ich Übungen machen, sonst kann ich mich nicht mehr bewegen. Monatelang habe ich das Strecken und Dehnen trainiert. Wenn ich gewußt hätte, was aus mir wird! Immerhin ist mein Leben abwechslungsreich. Manchmal werde ich bewundert, und die Leute klatschen bei meinen Auftritten. Das gefällt mir nach wie vor. Ich bin stolz, daß ich es so weit gebracht habe. Wenn auch einige gesundheitliche Nachteile die Folge sind. Das Herz, die Leber, der Kreislauf. Und nicht zuletzt die Mühen, die der Arzt hat, wenn er mich untersuchen will und in mich greift und nichts fühlen kann. Der Inder da hinten steckt sich ununterbrochen Kerne in den Mund, kaut darauf herum und spuckt die Schalen in hohem Bogen aus. Die Stewardess schaut schon voller Zorn zu ihm hin. Ich müßte schon seit einer halben Stunde auf die Toilette, aber ich schiebe es immer wieder auf. Es ist so eng dort, und ich müßte mich so quetschen, daß ich mich lieber zu beherrschen versuche. Ich hasse Flugzeugtoiletten. Der Herr mit dem karierten Hütchen hört gar nicht mehr auf zu reden. In dem Swimmingpool vor seinem Hotel wäre immer frisches Wasser, das mit einem Flugzeugcontainer eingeflogen würde, sagt er. Jetzt zeigt er seinem hübschen Nachbarn einen Stoß Postkarten mit nackten Afrikanerinnen. Jede Reisegesellschaft wird in seinem Hotel mit einem großen Buffet und einer afrikanischen Kapelle empfangen, die auf Eingeboreneninstrumenten ›Freude schöner Götterfunken‹ spielt, sagt er. Bei ihm würden die tollsten Fotosafaris angeboten, die es gäbe, behauptet er. Sein Nachbar fängt schon an, ihm zu glauben. Er hört ihm viel zu andächtig zu. Aber vielleicht ist er ja auch einer von denen, die besonders gut wissen, wie man mitspielt. Da hinten sitzt eine Gruppe von Ingenieuren aus dem Rheinland. Sie geben mit ihren Puffferlebnissen in einem afrikanischen Dorf an. Sie sind betrunken und sehen aus, als kämen sie vom Fußballplatz. Einer von ihnen erinnert mich an Willi. Er ist noch der sympathischste. Ich hätte nie gedacht, wie langweilig die Leute werden, wenn sie zu Geld kommen. Mein Nachbar verbreitet einen unangenehmen Geruch, vielleicht hat er zu viele Bohnen gegessen. Er macht immer noch Aufzeichnungen, aber leider ist seine Schrift so klein, daß ich nichts lesen kann. Er sitzt da wie ein Schüler, der Angst hat, daß man von ihm abschreibt. Der allernetteste Mann, den ich in einem Flugzeug kennengelernt habe, war gleich nach der Landung verhaftet worden. Er hätte Kokain im Koffer gehabt, hat in der Zeitung gestanden. Ich habe ihn einmal im Gefängnis besucht. Er hat mir sofort einen Heiratsantrag gemacht. Aber er sitzt immer noch und wartet auf den Prozeß. Was soll ich mit einem Mann im Gefängnis, habe ich mir gesagt und abgelehnt. Danach wollte er mich nicht mehr sehen. Ich werde ihm zu Weihnachten ein Päckchen schicken, denn ich bin immer noch verliebt in ihn.

Wenn ich mir etwas wünschen könnte, wäre es ein Kind. Aber der Arzt hat mir dringend davon abgeraten. Wenn ich ein Kind hätte, würde ich ihm ein Bett machen wie aus Wolken. Manchmal träume ich, meine Brust wäre voller Milch. Aber wenn ich aufwache, sind es immer nur Tränen, die mich naß gemacht haben. Ich weiß gar nicht, warum ich im Schlaf so oft weine.

Ich habe mir eine neue Wohnung eingerichtet, auf die ich mich jedesmal freue, wenn ich von einer Tournee nach Hause komme. Über meinem Bett hängt ein großes Bild, das mir Hoss geschenkt hat. Darauf ist eine Frau, und ihr Körper ist eine Weltkugel. Die Leute tun immer, als würden sie nur zufällig einen Blick auf mich werfen. Aber ich spüre ihre Neugier. Ich genieße es, wie sie sich verstellen. Sie bewundern mich eher wie eine verrückte Künstlerin als wie einen Filmstar. Einmal hat ein Journalist über mich geschrieben, ich wäre eine Künstlerin am eigenen Leibe.

Ob ich diese Filmrolle annehmen soll? Ich müßte darin als Herrscherin eines Frauenplaneten auftreten, und meine Waffe wäre giftige Milch, die ich aus meiner Brust spritzen lassen könnte. Ich würde eine goldene Rüstung tragen und über ein Heer kriegerischer Mädchen verfügen. Ich habe zu viele Angebote. Immer wollen sie mich in gebieterischen Posen. Und meistens ein bißchen pervers. Manchmal bekomme ich Angst, wenn ich daran denke, was die Leute sich alles denken, wenn sie mich sehen. Manchmal fürchte ich, so zu werden, wie sie denken, daß ich sei. Meine Idee sind ihre Geheimnisse gewesen, die sie manchmal selbst nicht gekannt haben, bevor sie mich kennengelernt haben. Unter ihren anständigen Kleidern sind sie doch alle verrückt. Ich könnte meine Hand dafür ins Feuer legen, daß es keine Ausnahme gibt. Manchmal wird mir ganz schlecht, wenn ich daran denke, was ich alles weiß. Dann möchte ich mich in die weißen, reinen, tiefen Wolken fallen lassen und daraus hervortauchen wie ein frisch geborenes Kind.

Ich möchte einmal gar nichts mehr essen, aber was wäre ich dann? Der Hunger hat sich in mir festgesetzt, nie habe ich keinen Hunger. Er hat sich in mir festgefressen. Es gibt kein Zurück. Mein Magen ist ein gefräßiges Tier. Wenn das Flugzeug abstürzen und ich überleben würde, irgendwo in einer menschenverlassenen Gegend, ich glaube, ich würde verhungern, obwohl ich so viel zuzusetzen habe. Ich würde vor Hunger verhungern. Ich kann nie genug bekommen, und ich brauche immer mehr. Mein Fleisch ist fest, und meine Arme sind stark. Gerade weil ich gelernt habe, die Dinge in die Hand zu nehmen, erschreckt es mich, wenn ich merke, daß mich etwas beherrscht.

Ich liebe die Wolken, weil sie so sanft sind und ohne Gewalt. Ich wollte, sie kämen direkt nach meiner Haut. Nachher wird man mich mit einem dicken Strauß Blumen empfangen. Es wird eine Mischung aus Nelken, Rosen, Lilien und Grünzeug sein. Denn ich gehöre immer noch nicht zu der allerersten Garnitur, die man mit einem reinen Rosenstrauß empfängt. Oder mit hundert frischen Kornblumen im Winter. Man behandelt mich als Unikum. Das habe ich mir selbst eingebrockt mit meiner Idee.

Auf der Bühne pflegt man mich so auszuleuchten, daß ich noch größer und mächtiger erscheine als ich bin. Der Glaskasten zu meinen Füßen dagegen erscheint winzig. Niemand kann sich vorstellen, daß ich jemals da hineinpassen könnte. Es gehört zur Dramaturgie meines Auftritts, daß ich schweige. Denn Schweigen erhöht die Spannung. Unter meinem glitzernden Umhang trage ich ein anliegendes Tricot. Es sitzt so fest wie eine zweite Haut. Man könnte mich für nackt halten. Über meinem Geschlecht und über den Brustwarzen sind Straßsterne aufgenäht. Die Musik wird von den jeweiligen Gastgebern ausgewählt, denn sie muß in das Vorher und Nachher passen. Die Kollegen sind meist freundliche Leute. Sie erkennen mich an. Denn nur sie wissen, welche Mühe und Not es gekostet hat, diese Nummer einzuüben. Am liebsten sind mir Opernarien, sie verleihen der Stimmung etwas Erhabenes. Ich mag es nicht, wenn zuviel Humor dabei ist. Das hängt natürlich von dem jeweiligen Conferencier ab. Man wirkt leicht lächerlich, wenn nicht die richtigen Worte gefunden werden bei der Ankündigung meiner Nummer.

Es kostet mich äußerste Konzentration, meinen Körper zu einem so winzigen Paket zusammenzufalten. Stundenlang vor dem Auftritt muß ich mich schon darauf vorbereiten. Dabei stelle ich mir genau vor, wie ich meinen Körper Glied für Glied zusammenlege. Jeder Muskel, jede Sehne muß meinen Befehlen gehorchen. Diese Fähigkeit ist das A und O des Erfolgs. Sie ist mir seit Beginn meines Unternehmens vertraut. Wenn der Gehorsam sich in mir ausgebreitet hat, ist alles ganz einfach. Jede Bewegung ist präzise einstudiert. Es ist ein gutes Gefühl, die Macht des eigenen Willens zu erfahren. Sie am eigenen Leib zu erfahren.

Auf der Bühne geht alles wie von selbst. Mein Fleisch wird flüssig und ist bereit, jede Form anzunehmen. Der Glaskasten füllt sich bis an die letzte Ecke. Die Druckstellen meiner Haut sind weiß. Ist der Deckel zugeklappt, kommt der Tusch. Das Publikum erkennt in der Masse, die das Glas füllt, keinen Menschen mehr. Manche sagen, es sehe aus, als hätte man Milch in den Kasten gefüllt. Dann stoppt die Musik und: Applaus, Applaus!

Natürlich freue ich mich, wenn der Beifall groß ist, hoffe aber immer, daß er nicht zu lange dauert. Denn erst, wenn der letzte Klatscher aufgehört hat, darf ich den Kasten verlassen. Solange ich noch darinsitze, kann ich mit dem rechten Auge unter meiner Achselhöhle hindurch in die Menge blicken. Ich kann sehen, wie die Leute von ihren Sitzen springen. Ich kann sehen, wie sie die Köpfe vorstrecken, um noch mehr zu sehen, als zu sehen ist. Ihre von den Blitzlichtern der Fotografen erleuchteten Augen verraten ihre Gier nach Sensation. Es sind durchschnittliche Leute, die zu solchen Veranstaltungen kommen. Familien mit Kindern, Damen, denen ich ansehe, daß sie alleinstehend sind, Reisegesellschaften und immer wieder Rentner und Rentnerinnen. Findet die Vorstellung in den großen Touristikzentren statt, sind die Leute gebräunt und haben glänzende Gesichter. Meist suche ich mir einen Mann in der Menge aus, der mir gefallen könnte. Ihm wende ich mich bei den anschließenden Verbeugungen besonders freundlich zu.

Manchmal versteht er meine Zeichen und lädt mich zu einem Mitternachtsschmaus ein. Will ich Alpträume verhindern, muß ich darauf achten, daß meine nächtlichen Speisen leicht sind. Norwegischer Räucherlachs oder Salat aus gekochten Forellenbäckchen sind mir am liebsten. Vergesse ich mich aber und lange üppig zu, ereilt mich, kaum daß ich die Augen geschlossen habe, immer dasselbe Schreckbild: Mit einem unvorstellbaren Klirren zerspringt mein Glaskasten, und Tausende von winzigen Scherben dringen durch meine Haut in meinen Körper.

Spion im Haus der Liebe

Barbara Bronnen:
Mein erotisches
Lesebuch
dtv 10155

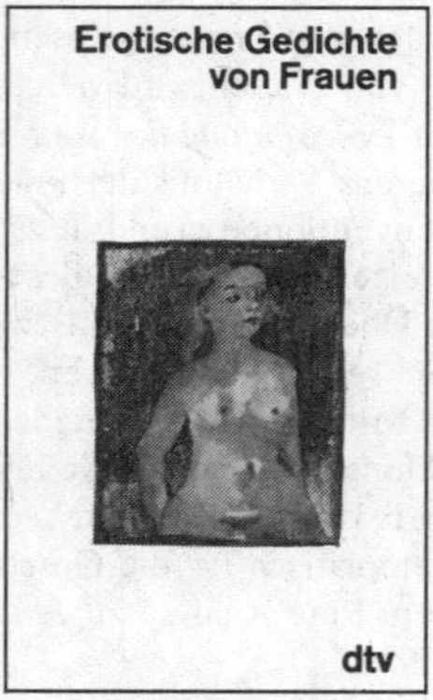

Aldona Gustas (Hrsg.):
Erotische Gedichte von
Frauen
dtv 10448

Anaïs Nin:
Ein Spion im Haus
der Liebe
dtv 10174

Joyce Carol Oates:
Jene
dtv 1747

Aldona Gustas (Hrsg.):
Erotische Gedichte von
Männern
dtv 10714

Anaïs Nin:
Die Tagebücher
der Anaïs Nin 1–4
dtv 759, 858, 981,
10569

Joyce Carol Oates:
Grenzüberschreitungen
dtv 1643
Lieben, verlieren, lieben
dtv 10032
Ein Garten
irdischer Freuden
dtv 10394
Bellefleur
dtv 10473
Im Dickicht der
Kindheit
dtv 10626

Edna O'Brien:
Das Liebesobjekt
dtv 10086

Jutta Schutting:
Liebesgedichte
dtv 6346

Monika Sperr:
Die Freundin
dtv 10062

dtv